JN121424

アンサー

瓜田純士

CYZO

プロローグ

いつもびくびくしていた。

自分の行いが悪いから、何か良からぬことが起きるのではと、常に身構えて過ごした。

この何かに怯える状態は、いつも上手くいってることが1つか2つあるときに多い。ろくな生き方をしてこなかったせいで、少しいいことが続くと、その反動でささやかな喜びさえも根こそぎ持っていかれるような、ボロ雑巾のように痛めつけられるんじゃないかと思ってしまう。

俺は、そんな20代と30代を過ごした。

同年代の大半が社会に出て、家庭を築き、良きパパになっていく年齢で俺は、

「〇〇がパクられた」

「あいつはまだ懲役だ」

といった話を平気でしていた。

そんな俺が、最愛の妻である麗子と出会うことで、少しずつ常識を身に付けていった。自分の間違いに気付くたびに、1つ1つ修正していく。

新宿にいるので、環境ごと変えてしまうのは無理だし、会いたくない人にだって会ってしまう。物騒な話だって耳に入ってくる。

だから、自分を変えた。

誰にどこから突っ込まれても痛くない、虫一匹も殺生しないような生活。百円玉を拾うと、交番に届けるまではしないまでも、目立つ所に置き直す道徳。儲け話を振られてもすべて断り、出来るだけ質素に過ごす日常。

心身を鍛えながら、自分のいた世界の「垢」を落としていった。

迷いがあれば、麗子になんでも打ち明けた。気付いたらいつも胸を張っていて、何かに恐れることもなくなっていた。最近じゃ、俺が元ヤクザであることを忘れている人もいる。

どうやって瓜田純士は、この「変化」を手に入れたのか。

この数年で何があったのか？

そして妻への感謝。

そんなことが、本書にはひたすら綴られている。

瓜田純士

目次

第1章 衝突

COLLISION

歌舞伎町時代

2008年に出した俺の初めての著書『ドブネズミのバラード』(太田出版)を久しぶりに手に取り、パラパラと流し読みしてみた。

感想は、まぁひどい。文章が稚拙だとか物語や構成が青臭いとか、そういったことではない。ただひたすらに描写されていく俺の若すぎた感情や剥き出しの暴力詩が目に付くとでもいうのだろうか。「凶暴さ」と「繊細さ」を足して2で割ったような、自己愛溢れるナルシストな文章に辟易した。

加えて、本のカヴァーはサングラスを掛けた俺の顔のアップ。恥ずかしいね、たった10数年前なのに。

現在は41歳になった俺が20代の終わりに書いたこの自叙伝について、ここではわざわざ触れないけど、簡単にいうと主に幼少期の頃から成人してからのヴァイオレンスな日々について振り返った本だ。

当時と現在で共通してることといえば、「何かと戦っている」、もしくは「誰かと揉めている」ということ。逆に決定的な違いは、現在と当時では「敵の質が違う」ということに尽きる。若い頃は暴力的な解決がけっこう当たり前にまかり通っていたわけだ。

俺は歌舞伎町で産まれて、新宿で伸び伸びと育ったこともあって、必然的に不良少年になった。ヤンチャな少年期を経て、そのままヤクザ稼業に入ったわけだけど、まぁ争いごとの絶えない日々を送っていた。もう何かとトラブルが舞い込んでくるし、やたらめったら喧嘩は始まるし、人間関係なんかも滅茶苦茶だった。

ヤクザかカタギかっていうけど、まさにそれで、カタギの人がヤクザとまともに付き合えるなんてことはなくて、はじめは上手いことといってても必ずどこかで揉める。ヤクザという人種はとにかくわがままで、短絡的で、思考が幼稚だ。自分勝手で、思い通りにいかなければすぐに、

「舐めやがって。ヤクザだぞ？　わかってんのか」

と揉めごとが始まるわけだ。

普通の人なら、トラブルなんて極力避けたいものだ。でも、ヤクザにとっては「トラブルこそ金に変わる立派なシノギ」。そんな感覚の人たちしか周りにいなかったこともあって、俺はもう、トラブルを起こす先輩方を見て育ち、それが正解だと信じ込み、指標として生きていた。

当然、見よう見まねで滅茶苦茶をすることになる。毎晩、獲物を探すように街に出ては、トラブルの〝場面〟を追い求めるわけだが、これが当時の歌舞伎町では案外すぐに見つけることが出来たのだ。

飲み屋のトラブルだけでも、中国人に韓国人、アフリカ人、ミャンマー人、ロシア人、他にも外国人同士による喧嘩や女と男のいざこざは日常茶飯事。さらに借金に泥棒、詐欺、貢いだだの売り掛けだの、会計が異常に高いだのもあった。

博打では、闇カジノに10円ポーカー、バカラ賭博などが溢れていた。そのため、一攫千金を夢見た者たちが、ありったけの金をつぎ込んでは破綻していく、今考えれば異様な光景も、至るところに転がっていた。それこそ、今から20年も前の歌舞伎町はやりたい放題だった。

彼らは店で〝おけら〟になると、朝方の歌舞伎町さくら通りでヤクザ金融から十五（といご）

で金を借り、また博打場に戻っていく。それを繰り返していくうちに、最後は借金返済のために歌舞伎町でポン引きするか、行方を眩ますことになる。自殺する者も大勢いた。

他にもヤクザ同士のいざこざはもちろんのこと、当時、歌舞伎町で流行ったカラーギャング（今で言う〝半グレ〟）の若者らに違法ドラッグを卸したり、これは組のシノギだったが新宿アルタの裏辺りではトルエンを売らせたりしていたので、そんなことに関与していれば、しょっちゅうトラブルが起こるのは当たり前だった。ドラッグを買いに来た客のクレーム対応に、ギャングの若者の抗争、同業者とのトルエンの客の取り合いと、挙げていったらキリがない。

そのいざこざ、揉めごとで最も有名な出来事といえば、「歌舞伎町パリジェンヌ銃撃事件」だろう。これは、2002年に歌舞伎町のシンボルと言われた喫茶店「パリジェンヌ」で住吉会系のヤクザと東北系の中国人のヤクの取り引きが決裂したため、数人の中国人が拳銃を抜いてヤクザを射殺したというとんでもない事件である。このパリジェンヌは自分たちもよく使っていたのはもちろん、俺がかつて所属した組もここに毎週金曜日に集まって、それで街を巡回する「金曜会」なるものに参加していたから、この銃撃事件が起きたときは本当にびっくりしたのを覚えている。

その日から、住吉会が銃撃の実行犯である中国人を徹底的に捜し出すことを目的に、歌舞伎町には連日ヤクザの地回りパフォーマンスが行われた。単に捜すことだけが目的ではなくて、歌舞伎町に多数点在する東北系、福建系や上海の中国人が経営するクラブやマッサージ屋に「ヤクザを怒らせたな」という無言の圧力をかけるためでもあった。俺が所属した組は住吉会とは良縁だったので、「協力」という形で俺も情報提供の呼びかけや歌舞伎町の巡回を手伝ったわけだ。

これがけっこう大変だった。なにせ、歌舞伎町にいる中国人の数なんて、当時も今も半端じゃない。それこそ、10人に1人は中国人と言っても大袈裟じゃないのだから。それを、さらに〝東北系〟に絞り込まないといけないわけで、言葉もわからなければ顔も見分けがつかない俺にとって、まさにお手上げだった。毎晩、街に繰り出してはみるものの、東北系じゃない中国人と揉みあいになったりした。

この頃は俺自身の心の中に、「ヤクザを殺すなんて舐めやがって」という妙な自意識というか感情があったのは間違いない。不良が持つ歌舞伎町での絶対的なポジション、不良外国人から半グレと魑魅魍魎の歌舞伎町で〝ヤクザ〟という圧倒的なヒエラルキーの最上部に位置する特別な感情と驕りは、その後、足を洗ってからもしばらく胸の中でくすぶり続けていた。結局、この「パリジェンヌ銃撃事件」は、住吉会系のヤクザが銃撃の実行犯を捜し出して殺して終わったように記憶してる。

そんな、まさに無法地帯と化していた歌舞伎町で一生懸命に名前を売りながらしのぎをけずっていた俺は、自然と掛け合いや交渉の類が上手くなり、場を収めたり時にはカマシを入れたりと、言葉巧みな〝場面に強い男〟になっていった。このときの経験が現在の〝しゃべり〟に通じているのは間違いないだろう。

はっきり言って、どんな奴と揉めようと、交通事故を起こしたり警察に逮捕されたり交際相手の両親のもとへ挨拶に行こうと、何かやらかして一巻の終わりという状況に陥ろうとも、しゃべらせてもらえる時間を5分でも10分でももらえれば、俺は不利な状況をすべて自分に有利な状況に変えられる自信がある。まぁでも、この俺の〝武器〟でもある話術については、またの機会にでも触れさせてもらおうかな。

アウトサイダー

23歳の頃から俺は覚醒剤で3年半ほど服役していたわけだけど、まぁとにかく痩せてしまってね。ただでさえ線の細かった俺が、シャブで逮捕されて刑務所まで行き、中で栄養士が考えた塩分少なめの質素な食事で過ごしたんだから、もうカリッカリに痩せてしまった。

毎日、工場でつまらない単純作業をしていたわけだが、確かわりばしをひたすら袋詰めするだけとか、なんに使うんだかわからない工具に使うパーツを作るとかさせられた。

そんな退屈なルーティンの中に、唯一、自分と向き合う時間があった。それは「夜独」での時間だ。

この「夜独」とは、昼間は集団で工場で作業をしたあとに一人で過ごすための舎房のことで、正式には「夜間独居」というが、みんな「夜独」と呼んでいた。ここでは長い一人の時間があるわけだが、就寝まで読書をしたりラジオを聴いて過ごす者もいれば、俺はそこでけっこういろいろな考えごとに浸ることが多かった。

思い起こしていたのは、歌舞伎町で過ごした日々が多かった。もっといえば、ヤクザとしての自分のことや組のこと、組長や兄弟分たちとのことだ。

慌ただしく過ごした喧騒や揉めごと、誰かの死や逮捕。そんなことを、走馬灯ではないけど、ゆっくりと流れるフィルム映画のように、頭の中に映し出していた。まるで無料の映画を見ているようだったな。

自分が主人公のドキュメンタリー。夜独で壁にもたれながら目をつむり、あぐらをかいて見るその〝無料映画〟は、客観的に第三者の視点で描かれたドキュメンタリーを見ているのに近い。その頃にはもう、逮捕や服役以前の自分の暮らしや自分の行い、過ごした環境に、強烈な恐怖を感じるようになっていた。後悔とはまた違う。怖さ、ぞっとするような。あんな日々はもう勘弁してくれと。普通に暮らしたかった。

かといって、組なんてやめたり出来るのか？　さんざん好き勝手してきてきて、「カタギになりたいです」なんていったらどんな目に遭うんだろう？　そんなことを毎日毎晩考えて過ごした。

今思えば、あれは「禅」とか「悟り」「インドヨーガ」とかの瞑想に近かったような気もする。タレントの片岡鶴太郎さんじゃないけど、カリカリに痩せた極限の状態で自分の過去や頭の中に映し出される鮮明な記憶という映像を、心の目のような物で鑑賞する。そして、恐怖心と戦うことを繰り返す。インドヨガのチャクラとかに近いことを刑務所の独房でしていたのかもしれない。

そんな心境の変化を感じながらなんとか娑婆に戻った俺だったが、今度はすぐに精神病院で11カ月も過ごすことになる。だけど、精神病院の話は俺の過去の著書に出てくるので、ここでは割愛させていただくよ。

ひとまず無事にヤクザをやめることに成功した俺は、アルバイトをしながら適当に暮らしていた。やめるときの条件である「歌舞伎町への出入り禁止」を忠実に守り、渋谷の会社で働きはじめた。ずっとパソコンの前に座ってひたすらメールを送るという、変な出会い系サイトのうさんくさい仕事だった。そこに来ていた同僚のバイトが雑誌『実話ナックルズ』（大洋図書）を読んでいて、俺はそいつが読み終わったあとに借りて目を走らせていた。

すると、そこにプロレスラー・前田日明さんが主催する総合格闘技大会「THE OUTSIDER」が旗揚げされるという記事を見つけた。刑務所と精神病院を出て、まだ何をしていいかもわからなかった俺は、なんとなく何かが変わるような気がして、出場者募集に応募することにした。確か、当時流行っていた「アメブロ」も時を同じくしてスタートしたんじゃなかったかな。

当時は、こんなことをよく聞かれた。

「アウトサイダーに出ていた頃は、なんのトレーニングもしてないんですよね？」

「地下格闘技といっても、みんな格闘技やってるよね？」

確かにしっかり鍛え込んでいる奴らばかりだったが、逆に「鍛えてる者は出場できない」なんて決まりがなかったのも事実だ。むしろ、俺みたいな勢いとノリで出ていくような奴にしてみれば、しっかりと準備して体をいじめて鍛え抜くことのほうが遥かに大変なことだ。そう考えると、近所のコンビニに出掛けるくらいの感覚で出場可能なのだから、そりゃラッキーだぐらいに思っていた。

「THE OUTSIDER」以外にも、大阪の「喧王」って大会や、セミプロとやったことも

あった。当然だけど、自分でも思い出すのも恐ろしいほどの醜態を晒した。目も当てられないよ。


また厄介なのは、歌舞伎町時代のあの妙なプライドだ。

「おまえら、ヤクザを舐めてるのか？」

この感情がこの頃、自分から組を抜けて、目立たないように暮らしていたくせに、まだ胸のどこかでくすぶっていた。

ヤクザはやめているのだが、

「俺はヤクザもやって懲役にも行った人間だ。暴走族やチーマーみたいな奴らと一緒にされてたまるか」

こんな感情を当時は本気で持っていたんだから笑えない。今考えるとあまりにも恥ずかしいが、そんな気持ちのまま「THE OUTSIDER」や他の地下格闘技に出ていたので、当然、孤立もした。おまけに、なんのトレーニングもしていないんだから、いちばん弱い。人間の世界も、生き物という意味ではジャングルの野生動物の世界と変わらない。

イキがったところで一度「弱い奴」と見られたら、徹底的に舐められるしバカにもされる。昔は悪くて有名だったとか、ヤクザまでやっていただとか。そんなことはどうでもよくて、「弱い奴」でしかない。

それでも俺の場合、アメブロがなぜだか人気を博していたので、強いとか弱いとかは問題ではなかった。もともと書くことが好きだった俺は、毎回暴走しながらもいろいろなことを書き殴っていくうちに、たちまち「人気ブロガー」みたいになっていった。

「有名な不良だから注目したけど、戦ってるのを見たらとんでもなく弱い奴だった」

そんな印象から、

「一度、瓜田のブログを見たほうがいい。かなり面白いぞ」

に変わっていった。

俺が話題になったことで、別のアウトローたちが次々にアメブロに参戦していった。ＹｏｕＴｕｂｅをやっている今の状況と似ているかもしれない。俺の後を追うように、いろんな不良たちがＹｏｕＴｕｂｅを始めだしたのだ。もしかしたら、俺はもともと鼻が利くというか、感覚的に世

間の流れや流行みたいなものをとらえているのかもしれない。

この頃、すでに地下格闘技などで、俺を出場させる興行はほとんどなくなっていた。まぁ、それも自分の幼稚な行動が原因というか、問題ばかり起こすので、シーンからは総スカン状態だったので仕方ない。それに、自分に向いているのは暴力的なことよりも、文学だったりアート的なことだったり、そんな分野が俺の才能を生かせることに気付いていた。

blogで関東連合と揉めごとに発展

2007年頃に始めたアメブロだったが、アクセス数が上位にくるようになると、変な虫も湧くようになった。同じ「アウトロー系」は特に我が強く、負けず嫌いな上にエンタメ的な発想に乏しい人間が多いせいか、手始めとばかりに独走状態を続ける俺の名を出して挑発し、アクセス数を稼ぐという「プロレス」に持っていこうする輩が後を絶たなかった。

このやり方で話題になった奴は1人や2人ではない。そのため、この〝売名プロレス〟がアウトロー系の定番となっていった。

奴らは、

「瓜田なんか偽物だ」

「あいつはハッタリだ」

そうかましながら自分たちをこれでもかとアピールする。当時、流行っていた2ちゃんねる（現5ちゃんねる）のアウトロースレッドと連携していくことで、簡単にblogが炎上していった。

この頃には、当時世間を騒がせていた半グレ「関東連合」のメンバーもアメブロを始めていた。タレント活動をするとかしないとか、まずは世間に認知してもらいたかったのだろう。アクセス数稼ぎの目的で俺を挑発してきたのだ。

ことの発端は、俺があるワイドショー番組に出演して、関東連合について発言したことが原因と見る向きもあった。しかし、それよりもアメブロで瓜田の人気ごと取り込んでやろうという目論見もあったのではないかと思う。この頃の話は俺の著作『遺書』（太田出版、のちに竹書

房より文庫化）にも記されているので、興味のある方はそちらをご覧いただきたい。

彼らのことで俺もだいぶ懲りたし、いろいろと苦い思いも経験した。結局、彼らとは揉めることになって、俺もblogでさんざん挑発したりしたため、かなり炎上もした。

しかし、彼らみたいなガチの連中は、「ネット上のトラブル」で水に流すことはない。詳細はご想像にお任せするが、まぁこの手のトラブルは面倒くさいということを学んだ。

なんとなく当時を思い返してみても、この頃の俺は気持ちもふらふらしていて、行動に一貫性がなければ余計な発言も多かったので、しょっちゅうトラブルに巻き込まれていた。

まさに、口は災いであり、自分から余計なことを招いていたわけだ。あの頃の俺に、「おまえ、本当は何がしたかったんだ？」と聞いてみたいような不思議なことがいくつもあった。


結局、アメブロは突然閉鎖することになる。なんだかんだ10年近く続けていたわけで、途中、何度も閉鎖してはまた違うアカウントで再開するということを繰り返していたのだが、例の『遺書』の発売と同時にキレイに退会した。

半グレ同士が殺し合いに発展するような物騒な内容を、知りうる限り赤裸々に書いた本だ。

それこそ、自分は当事者でも何でもない。喧嘩している両者と近しい、ただの「友人」でしかない。その「友人」が、「こんなことまで書いて大丈夫なのか?」と心配されるようなことまで綴っている。身の危険を感じたことはもちろん、大きな誤解を招いたことも事実だし、それこそ繁華街なんかもう歩けないんじゃないかと思う状況にも陥った。そこにはそれなりの覚悟があったわけで(だから『遺書』なのだが)、覚悟はしたつもりであっても怖いものは怖い。危険は全身で感じ取ったし、出版社の担当者からも「出歩かないように」と、ことあるごとに言われた。

そんな時期にblogなんかやってるのは、いかがなものか。わざわざ自分の日常を誰かに伝える必要もないし、むしろ、そんなものはやめてしまってひっそりと暮らしたほうがいいんじゃないか…。そう考えた結果、アメブロを退会したわけだ。

実はその頃から、心境の変化というか、ブログを始めた頃とは考え方までだいぶ変わっていた。「承認欲求」みたいなものも薄れていたし、すごく平和的な思考に落ち着きつつあった。

俺は誰も教えてくれなかったし教わりもしなかったために何もわからず、小さな自分の視野

だけで生きてきた。そのため、少々時間はかかったようだが、その当時、ひょっとしたらほんの少しだけ大人になった、もしくはなろうとしていたのかもしれない。

時を同じくして、現在の妻と出会うことで、俺の人生は激変する。彼女とのことは、また別の章で触れていくことにしよう。

YouTubeアウトロー抗争勃発

この原稿を書いている2021年8月、俺は自分のYouTube上である人物と揉めていた。ここでは敢えて〝過去形〟にしておくけど、一旦付いた揉めごとの火はなかなか消えることなく、いろんなところに飛び火して収拾がつかなくなっていた。

俺自身のYouTubeチャンネル『瓜田夫婦』を開設してから3年近くが経つが、それまでの自分とは一線を画したキャラを作り上げ、どちらかというとコメディーに近い路線でやってきた。それは、カメラマンと「私立探偵コント」のような、街に出て犯罪者の居場所をプロファ

イリングするという内容のコンテンツを地道にアップしていることからも明らかだろう。
『瓜田夫婦』は、たまに夫婦でライブ配信をしたり、人生相談をされたり、格闘家とコラボしたり、昔の仲間が出てきたりと、これといって決まりを設けずに俺が自由なことをしていくチャンネルで、おかげさまで今も続いている。別に、自分の不良として生きてきた匂いを消す意識などしているつもりはないが、だいぶ「元不良」というくくりに当てはまらないようなチャンネルのカラーが定着してきたと思っている。

それでも、多くの人は俺に対して「元不良の」とか「アウトローの」という、「過去ヤバかった奴」という認識で見ているのだろう。まぁ、顔面にタトゥーまで入れているんだから当然だけど。

最近増えたのが、「アウトローユーチューバー」といわれる、いわゆる「元不良」が運営するYouTubeチャンネルだ。

「有名な元チーマー」

「伝説の喧嘩師」

「元ヤクザ」

「元暴走族」

「半グレ」

その肩書きは様々だが、それらを一つのカテゴリーにしたものが「アウトローユーチューバー」で、俺もその中に数えられてしまっているようだ。

自分では、「もう俺は不良でもなんでもない。ただ楽しくやってるんだ」と思っていても、世間は簡単にそう思ってはくれない。垢がすべて落ちたかどうかなんてのは、自分ではなく、他人が見て決めるのだ。なので、まだまだ俺がアウトローユーチューバーに分類されるのは仕方がない。

しかし、そんなアウトローユーチューバーの中に、俺を今いる場所から引きずり降ろしてやろうとネガティブキャンペーンを仕掛けてきた奴らがいた。そいつらの中心人物は、実は俺も実際に知っている人間で、俺のことを昔から恨んでいるのはわかっていた。

詳細は、ここでは書かない。なんせ、タイムリーな話だし、感覚的にそいつに触れたくはないからだ。それに、はっきりいって勝負にはならない。間違ったやり方や卑怯な手法で俺に絡んでくる者たちは、その後、必ず崩壊するように出来ているからだ。

そいつは俺に恥をかかせるためにある行動に出て注目を集め、とどめに、自叙伝まで出版してその中で俺のことをあることないこと書き殴ってくれたようだ。腹立たしくて目を通してはいないが、まぁひどい内容だと聞いている。

デタラメな作り話のオンパレードで、あたかも俺の信用やイメージを地に落とすためだけに出版したような内容だと、既に読んだ知り合いが知らせてくれた。

そんなことも踏まえた上で、俺まで本書で事細かにこの〝ビーフ〟の内容を書けば、俺もそいつと何ら変わらなくなってしまう。それは「男」としてダサいと感じたので、「何があったのか」「それは誰のことなのか」という点についてはご想像にお任せしたい。そいつを祭り上げる者や、そいつの背後にいる者などが自分たちのYouTubeチャンネルでいちいち俺を貶める印象操作のような動画をあげたこともあったが、そんな周辺者にまでどうのこうのといった感情はない。いちばん悪いのは、その自叙伝を出した奴だとわかっているから。

この「YouTubeアウトロー抗争」は少しの間、話題になった。この状況について、俺は7年も8年も前に起こったアメブロ時代の「売名プロレス」を思い出した。あのときと酷似して

いるのだ。

　俺にからむことで一時的に視聴者を獲得して、そこからファンを作る。昔は「アクセス数」だったがそれが、「再生回数」に変わっただけだ。こんなようなやり方が、もしかしたら現代の喧嘩の仕方なのかもしれないね。まぁ実際のところ、アウトローユーチューバーは何人もいる。俺とそいつの争い以降も、あちらこちらで他のアウトローユーチューバー同士の争いは起こっていた。元不良ということで（現役もいるが）、自身の過去の武勇伝を切り売りする配信スタイルが多いのだが、その多くはフカシばかりだ。フカシで売れた者たちはどこかでめくれ、やがて人が離れていく。結局、最後に残るのは本物だけなのだ。

　しかし、俺にからんだり、揉めてくる相手は、いつまでも時間が止まった蚊のような思考停止した人間ばかりだ。人間も電化製品と一緒で、次々とアップデートされて進化、進歩を続けないと成長、繁栄はない。同じ場所で止まっていないで、次へ次へと成長しながら進んでいく必要がある。

　喧嘩を売るとか買うとか、数字を稼ぐために誰かを利用したり、売名したり。そんなことをものすごく冷めた目で見るようになった。

そんな時間があるのなら、もっと自分のために勉強して何かを吸収したり、人生を豊かにするために高みを目指したりしようと思わないのか？　そんな他人のことばかりを取り上げて文句をつけたりしていないで、有益な人生を送れないのか？　俺は本気でそう思う。

「そんな俺がおよそ10年前はどうだったか？」

といえば、最近まで俺と揉めていた「相手」とたいして変わらないことをしていた。ひどかったよ、今にして思えば。

誰彼構わず喧嘩を吹っ掛けたり、現実の世界で関わった人ともすぐに喧嘩別れしたり。何もかも上手くいかず、その相手を不特定多数の人が見ているアメブロでこき下ろすなんてザラだった。自分が気に食わない奴がいれば、いちいちblogで話題にする。敵ばかり作っていたように思うが、そこには自分の承認欲求が強かったんだと思う。

自己愛に満ちた幼稚な感情が自分を支配していた20代や30代の前半。なんの社会性もないまま、自分を見つめ直すこともせずに、ひたすら一方的に〝発信〟を続けていた。ただただ注目されたい子どものように…。

目に見えている敵だけでも、この10年でしょっちゅう変わった。

結局、この「YouTubeアウトロー抗争」も、このまま自然消滅していくのだろう。YouTubeをやる以上、チャンネル登録者数を増やし、収益を得ることは大前提だ。いろいろと揉める理由や揉めごとの火種はそこかしこにくすぶっているにせよ、YouTubeとして目指すべきベクトルは同じじゃないか。喧嘩をすることよりも「コラボ」や「企画」を立てて、「高評価」や「再生回数」を稼ぐことのほうが大事じゃないか。

このように自分が歩いてきた道を振り返ってみると、いつも俺は何かと戦っているんだとわかる。原因はいつも「自分のまいた種」といってしまえばそれまでだが、おかげさまでだいぶ耐性もついたと自覚している。ちょっとやそっとのことでは、今の俺はなんとも思わない。

SNSやネットで発信や活動を続ける限り、アンチなんかは必ず湧いてくるもの。

俺の場合、顔も名前も出さずに文句を言ってくるアンチだけでなく、本当に揉めごとになるような敵が出てくるのはなぜか？　それは、本来不良やアウトローというのはエンタメには出てくるものではなく、むしろ、出てきてはいけないものだ。

反社会勢力、ヤクザ、チーマー、暴走族、ギャング――。いくら〝元〟であって現在は現役じゃないと主張したところで、過去にしてきたことは一般社会がとうてい受け入れられるものじゃないし、本当に「組織」に属していたり近かったりすれば、裏社会の厳しい掟や仁義が顔を出して、SNSになんか顔をさらして登場出来るはずがない。

俺の場合は総合格闘技大会「THE OUTSIDER」や地下格闘技全盛の頃に始めたアメブロ以前、それこそ現役のヤクザをしている頃から実話誌や雑誌に頻繁に出ていた。服役を終えてすぐに開設したアメブロも、すぐに火が付いた。それは自分が感覚的に〝エンタメ〟を理解していて〝ピエロ〟を演じられるからだ。雑誌やメディアに出たり携わることで、カメラマンやライター、雑誌の編集長にスタッフなど、普通に生きていれば関わることのないような人と出会ったり親交を深めていくうちに、不良以外の世界を知ることが出来たし、社会性が身に付いていった。だから、世間話や冗談を交えながら、〝本当にヤバいこと〟とは常に一線を画すことが出来ていた。求められていることや、どう魅せるのが最善なのかが体感的にわかってくるのだ。

だが、後から我も我もと参入してきた元アウトロー系の連中は、現実世界とエンタメの区別がついていない。中には現役で犯罪に手を染めてるような者までいるが、彼らは平気な顔で犯罪や喧嘩の自慢をSNSで披露してしまう。それらは不良たちの「承認欲求」を満たしたいがためにブログを開設したり、メディアに進出しようとしてるだけであり、俺とは全然感覚が違うのだ。

現在、YouTubeに参入するアウトローの一部の者たちもそうだ。

「瓜田が上手くいくなら俺もやってやるよ」

とばかりにチャンネルを開設したところで、まだアウトローな生き方をしているから、当然、話す内容も悪さ自慢や犯罪を助長するような内容に終始することになる。俺なんかが心がけている絶妙な配慮がないのはそのためだ。

普通のサラリーマンからヤクザまで、大人から少年まで誰もが安心して視聴できて、おかしくて笑えるような構成を心がけている。俺の発言で誰かを傷つけたりしないような、見えない配慮に実はものすごく神経を尖らせている。

でも、ほとんどのアウトロー系はそれがわかっていない。現実での掛け合いや、挑発、怒りや復讐まで、ただ相手に伝えるという伝達手段、発言方法としてYouTubeを使っている。当然、「笑えない話」に発展するし、ただのディスり合いになって、最後には喧嘩になってしまう。自分たちの土俵に乗っけてやろうと。

これは、俺は正しくて、俺と揉める相手が間違っているといってるのではない。価値観や視点が違うだけだ。これは本当に仕方のないことで、どちらの言い分にも正解がある。だから、関わらないのがいちばんいいだろう。

人間、価値観が近い者とは、自然にくっついて生きていくものだ。逆に、価値観が合わない者とは、上手く距離を取るように出来ている。

昔は仲の良かった友達同士だって、年月が経って大人になり、互いの価値観が変われば、仲違いだってするし、結果、自然と離れていく。

この価値観が違う者同士の溝が急速に埋まるなんてことはない。自分の感覚と目を信じて生きていくしかないね。

俺だって、かつて仲が良かった奴と割れたことなんて、一度や二度じゃ済まない。寂しく思ったこともあれば、腹の立った夜もある。自分を責めたこともしょっちゅうあった。

でも、今ならわかる。人は成長の過程で価値観もどんどん変わっていく。価値観のずれが出始めた頃に、人は誤解したり誤解されたりしやすい。そして、それがトラブルのトリガーになったりする。見極めながら、揉めたりトラブルになる前に回避するしかない。

その点、俺は幸運だった。自分一人の判断で生きていくのは間違いも招くし、人付き合いの中で一度間違えてしまうと、その修正には時間も労力も掛かる。でも、俺は妻にだいぶ助けてもらっている。

彼女は俺と違って目と鼻と耳が利くし、人を見抜く力に異常なほど長けている。俺は彼女が持つこの見極めの能力を、お世辞抜きで〝天才〟だと思っている。

そんな妻と一緒になってからの俺の人生は、それまでとは明らかに違う。彼女のことは、また別の章で話していきたい。

第2章

金に臆病だ

借金と言えるような借金が俺にはない。20歳のときに仲間と〝ノリ〟で借りた街金融の利息みたいのが10年も20年も経ってるのに督促状が来ていたが、それぐらいだ。

まぁしかし、それも全部キレイに清算するつもりでいる。5万、10万とかの話だ。

友人、知人の間にも借金はない。昔、先輩が競馬で万馬券を当てて、浮かれていたので数万円たかったことがある。

「そのうち返しますよ」

そう言うと、

「いつでもいいよ、あぶく銭だから」と返ってきたが、人間関係での金の貸し借りと言えばそれだけだ。その先輩は俺にあげたつもりでいるから、敢えて俺からその話はするつもりはない。

よく、なんかの商売をしたいから誰彼から数百万借りたとか、投資話に引っ掛かって知人から大金を借りたといった話を耳にする。しかし、俺にはこの手の話がまったく理解出来ない。

だって、もし返せなかったらどうする気なんだ？　この手の話って、たいがい最後は返済してないだろ？　話のオチは、返せずに失踪したとか、そんなのばかりだ。

友人や知人、ましてやそこまでよく知らないような遠い関係の人にまで「金を貸してくれ」と頼む人がいる。銀行が貸してくれないからとか、金融公庫では審査が通らない、けど事業を起こせば必ず軌道に乗せることが出来る…。いろいろ御託を並べるんだろうが、銀行や公庫で「信用に値しない」者がどうして友人や知人に返せるのか、謎だ。

それでも、自分の企画や計画、商売の中身や腕に自信があるのだろう。怖くて俺には絶対に無理だけど。


知り合った奴に、すぐに金の話をする奴もいる。どこかに金持ちがいると聞けばどこへでも飛んでいって借りようとする奴も。

こういう奴らは、何年かしたら必ず街から消える。歌舞伎町で生きていた頃は、こんな奴らの話をしょっちゅう耳にしていた。

他に借りられるところがないから歌舞伎町に来たと言っていた、ポン引き、風俗の黒服、ポー

カー屋の店員、ぼったくりキャバのボーイ。そこで働く女たちも、多くが似たような事情を抱えていた。

ヤクザの中には、もっとひどい者がたくさんいた。平気で嘘をついて、組のシノギの金に手を付ける若い衆もいれば、自分の家族が死んだと親分に嘘を言って香典をもらう者など。

けど、幸い俺は、この手の話や下手打ちが一つもなかった。子どもの頃から家が裕福だったわけでもないし、シノギが上手で金はすぐにでも作り出すことが出来たからってことでもない。それでも、別に金に困ったことがなくて、おまけに金に執着もなく、人前で金の話をすることに何か妙な羞恥心を感じるのだ。その手の話は品性に欠けているというか、話してはいけないことだと勝手に思い込んでいる。

これって、日本人特有のものなのかもしれない。アメリカや中国なんかでは、知り合ったばかりでも平気で金の話をするし、ビジネスに大金を注いだりする。ビジネスを始めるのに、そこら中から金をかき集めて、それがたとえ失敗に終わっても、また新たな企画を立てて金を集めてリスタートするのが当たり前だ。次のビジネスで当たれば、それで返せばいいという考えなのだ。

しかし、日本人がこれをやると、「フットワークの軽い詐欺師」みたいな目で見られがちだ。金の匂いを嗅ぎつければほいほい出向き、あちこちで食事や交流会に参加する。どこにでも現れるうさんくさい奴という印象を与えるだろう。

不良の世界にもこの手の奴はたくさんいて、「新しいシノギを始めるから」と、あちこちから金を調達してくる人間は多い。とはいえ、調達と言ったところで、付き合いをしている他の組の者や裏社会の住人から借りるか、上手いこと言って引っ張ってくるだけなのだが。

始めたシノギが軌道に乗ればいいが、失敗すれば当然、返済をしなければならないし、それが返せないとキツい追い込みが待っている。その場しのぎで上手いことを言って逃げて、また同じようなやり方で金を集める者もいるが、こんなことを何度も繰り返した挙げ句、行方不明になった者も見てきたし、殺される奴だって実際にいた。

でも、そんな奴らが当たり前にいる環境でも、俺は金に意地汚くはならなかった。生真面目なのか、気が小さいのか、それとも貧乏性だからなのか。何かでまとまった金を手にしたことはあったが、とにかく散財はしなかった。

あれはまだ20歳くらいだった頃かな。歌舞伎町でチンピラをしていた当時、俺は「金融モノ」の車をシノギで扱っていた。

この金融モノとは「溶かし」と呼ばれる、名義のない使い捨てのように乗る車のことで、誰かが街金融で金を借りた際に、担保として金融屋に預けた、いわば質草だ。結局、返済が滞ってしまい、そいつがそのまま〝飛んだ〟ことによって、金融屋が借金のカタに預かっていた車を誰かに売却し、現金化するために業界に流すのだ。

俺の場合、組がやっていた金貸し屋からじかに流れてくる金融モノを扱っていた。

こういった車は、名義変更することが出来ない。委任状を代理人が書いて名義変更するやり方もあるが、大概は名義を変えずにそのまま乗る。例えば、２、３年落ちのベンツなどは、中古車の市場価格で４００万円くらいだったとすると、その半分の２００万ほどで売れる。街金屋が車の持ち主に貸した元金が１００万だとすれば、溶かしの車が元金と同じ１００万に換われば納得だ。１００万で回ってきたベンツを２００万で売っても、１００万抜けるからだ。組は元金さえ戻ってくればいいとのことだった。既に高い金利は十分にとっているし、若い衆がたくさんいた俺に、簡単だからシノギにしろと言ってくれた。

そんなシノギだったからと、俺は入った金を手にすぐに飲みに行って、大変な騒動になったことがあった。

この手のシノギには、トラブルがつきものだ。車の持ち主や名義人が、ややこしい奴であることが多いからだ。

金を借りたまま飛んだくせに、腹いせに車の盗難届を出されたことがあった。車には譲渡書がついているものの、名義変更が済んでいたわけではなかった。日中なら警察が来ようが弁護士が来ようが譲渡書や借用書を見せて説明すればすぐに終わることも、夜だとそうはいかない。

ある組織の人間にベンツのSLを250万で売った俺は、組に渡す元金分の150万を戻すと、抜いた手取りの100万の上がりを兄貴分に持っていき、俺は半分の50万を受け取った。その金を札入れに突っ込むと、すぐに舎弟を連れて飲みに行った。行き先は、区役所通りにあるホステスのいる店だ。そこを1時間で出ると、今度は鬼王神社の隣にある、組が面倒見ていたホストクラブで騒いでいた。すると、携帯が鬼のように鳴りだした。知らない番号からの着信だった。

とりあえず出てみると、昼にSLを持っていった人間の舎弟が怒鳴ってきた。

「兄貴がパクられた！　どうしてくれるんだ!!　あのSLな、盗難届が出されてるぞ。○○組と喧嘩するつもりか？」

俺はすぐさま事務所に戻り、譲渡書や借用書を探し出して、その兄貴分が緊急逮捕されたという警察署に向かった。そして、刑事たちに事情を説明した。

なんとか借金のカタだということが証明出来て、さらに通報した元の持ち主も腹いせに盗難届を出したことを認めたため、その兄貴分はなんとか勾留はつかずに帰ることができた。迷惑を掛けたことと、こちらの非であったことを詫びて、タクシー代として10万を渡して、この件はこれで何事もなく収まった。

しかし、もしもその兄貴分が勾留されていたら、とんでもないことになっていたのは言うまでもない。弁護士費用から、相手の組に納める詫び代。その他、相手の勾留中、シノギもストップするわけだから、その分の金を請求されることもあるだろう。

その後も裏の人間たちとシノギで関わるたびに、こんなトラブルがたくさんあった。車ならまだいいほうで、これがヤクの取り引きにでもなると、もっとやばいトラブルばかりだ。

通常のヤクの取り引きは、当日に現場で金と品物を物々交換する。ところが、ヤクを持ってくる運び屋が、俺たちには顔が割れてもいいけど、先方の買い手には面割れしたくないというケースがある（面割れ＝顔がバレること）。この場合、別の場所で受け取って、自分たちで買い手のもとにタクシーなどで運ぶため、運び屋から受け取る段階で金が必要になる。

なので、こういった場合は数日前に前金でもらうのが一般的だ。

ところが、前金を預かって取り引きの現場に行ったところ、ブツがまだ届いておらず、慌てて確認してみたら、運び屋がこちらに向かう道中パクられたことがあった。あと、運び屋がバックレたなんてこともあったな。

もちろん、前金は全額返すのが当たり前だ。しかし、中には事前に預かった前金を博打に使い込んでしまい、いざ取り引きの現場に来たところ、前述のようなハプニングが起こり、金を詰めることが出来ずに落とし前をつけることになった者もいた。

そんなことがしょっちゅうあったせいか、入ってきた金をすぐに使ったり散財してしまうことが、俺にはほとんどと言っていいくらいいない。

「予期せぬアクシデントやトラブルが起こると思って生活しろ」

その昔、誰かにそう忠告されたことがある。誰だったかは覚えてないが、俺はいつもその言葉を念頭に置いていた。

ブレスレットを取られた

中学3年のとき、隣の中学校の友達と一緒に、遊び感覚でアルバイトに参加したことがある。工事現場で職人のアシスト（補助）をするバイトで、新宿の先輩たちが既にやっていた関係で紹介してもらった。

年齢を誤魔化して現場に直行し、監督から仕事内容の説明を受ける。人材派遣の登録先から派遣されてるので、毎回現場も違えば、監督も毎回別人だ。

その日、俺が派遣されたのは足立区竹の塚の現場だった。そこには、大きく広げられた養生シートの上にボードや材木が積まれていた。これを3人で夕方までに奥にあるB棟に搬入するという仕事だった。石膏ボードという、厚さが人差し指を横にしたくらいで縦の長さが1メートル以上もある大きなボードは初心者にはとても重たくて、俺と友達は2枚ずつをはぁはぁ言いながら運んでいた。しかし、もう1人の古株の人が一度に5、6枚を同時に運んでいるのを見て、俺と友達は目を合わせた。

「すげぇな…」

俺たちも見様見真似で頑張ってはみたものの、せいぜい3枚が限界。すぐさま両手や肩がパンパンになった。

運んでも運んでもまったく減らないボードの山を見ながら、昼飯休憩を挟み、午後からは俺だけ材木を運ぶことになった。少しホッとしたのも束の間で、この角材の山もやたらに長くて、とにかく運ぶのが大変だった。もう肩が痛くて痛くて…。

それを17時過ぎまでやって、もらえたのが8000円だった。高いのか安いのか。当時はわからないが、とても嬉しかったのを覚えている。

中学を卒業してから（卒業といっても形だけで、ほとんど行かなかったが）、毎晩喧嘩や街に繰り出すのが楽しくて、忙しく過ごしていた。だが、年齢は1つ上だが幼馴染の新宿の先輩が暴走族をしながら前述したバイトを続けていたので、俺も週に数回行くことにした。

週に4回出ても、もらえるのは3万ほど。週払いなので、すぐに底を突く。服や靴を買うには足りないし、流行っていたスロットを打ったらもう終わりだ。

そのうちに、その先輩が「職人のほうが稼げるから」と、そのバイトを辞めてしまったので、俺は設備屋のバイトを始めた。ここは空調や防水の設備屋で、3カ月しかやらなかったけど休まなかったので、月に30万ほど稼げた。同時に街で名前が売れて来て、不良少年としての活動も忙しかったが、仕事はなぜか続けていた。途中、辞めたり行かなかったりということもしばしばあったが、感覚的に「仕事はしているほうがいい」という考えが頭にあったからだ。

設備屋を辞めてすぐに、「職人のほうが稼げる」と言っていた先輩が働いていた鳶職を始めた。とにかく朝が早くて、5時とかに起きるのもそうだが、電車で神奈川方面の現場とかに向かうのも大変だった。

仕事を覚えるのにも苦労したけど、人間関係も嫌だったし、なんか毎日疲れて楽しくなかったのを覚えている。

将来、自分がどんな生き方を送ろうと、「このガテン系だけはもう嫌だな」と、本気で考えていたよ。

いくらか金も貯まったところで辞めてしまったが、この頃は地元杉並と新宿でチーマーだかギャングのグループを制圧したことから名前も売れ始めていて、地元の暴走族に入るかヤクザになるか悩んでいた時期でもあった。もともと、本気で手に職つけて将来は一端の職人になるなんて考えていなかった俺は、ぼんやりと「ヤクザの道に行くんだろうな」と、頭に知り合いのヤクザの顔が浮かんでいた。

この頃の俺は、新宿のほうに戻ってはいたものの、中学の3年近くを過ごした高円寺にも電車でよく遊びに行っていた。

ゴールドのネックレスやブレスレットが流行り、18Kの高価な奴を先輩たちが手首や首元につけてるのを見て欲しくなり、鳶職の給料でブレスレットを買った。今でこそ金の価格は高騰

していて、グラム何千円もするが、当時はグラム1600円とか1800円程度だったと記憶している。100グラムの六面ダブルのブレスレットと、いかついゴールドの指輪をはめて、調子に乗っていた。ゴールドはいつでも換金出来るから、飽きるまで肌身離さずにつけていこうという感覚だ。

あれは高円寺のパチンコ屋の前で、地元のヤクザではないんだけど、ヤクザのような怖い先輩に捕まり、世間話をしていたときのことだ。先輩は俺の右手首に輝くゴールドのブレスレットをじっと凝視すると、俺のほうを見ながら険しい表情を作った。

「そういやおまえ、中野で誰かシメただろ?」

じっと見てくるので、目を逸らさずに記憶をフルに巡らせてみたが、なんのことか思い出せない。やったかもしれないし、やってないかもしれない。いつの話かもわからない。

「おまえは覚えてなくても、相手は怖い思いして悔しくて忘れらんねぇんだから、すっとぼけんじゃねぇぞ」

俺は、腑に落ちなかったが面倒くさい話は嫌なので、

「すいません」

と謝った。だが、先輩は続けた。

「おまえにぶっ飛ばされたのは2人で、そのうちの1人が○○会の組長の倅なんだよ。で、まぁおまえが俺の後輩だってのをその組長が知ったみたいでな、倅もやんちゃ坊主だし、親がいちいち出ていくのもみっともないからと、今回だけは俺の顔を立ててくれて無事に収めてくれたんだよ」

先輩は目を細めながら、くわえたタバコに火を点けている。

「なんだかおかしな話だな」と疑いつつも、「嘘ですよね?」とも言えない。困っていると、先輩が続けた。

「まぁ、無事に収めてくれたっつっても、暴走族やチーマーの世界じゃねぇ。極道者だからな、義理はかかるよ」

「義理ですか?」

俺は思わず聞き返した。

「いつでもいいと言ってくれたけど、おまえに会ったら言わなきゃな、と思ってたんだよ。義

理っつって、それなりの〝形〟を詰めなきゃいけねぇ。おまえはまだ子どもだから、100万とかは無理だろう。だから50万でいい。用意しろ」

俺は、「そんな金はないから払えない」と言ったが、頬を叩かれた。

「そのブレスレットは本物だろ？」

そう聞かれて、もらい物だと嘘をついたが、これで勘弁してやると言って、結局ブレスレットを取られてしまった。

あとでわかったのだが、その先輩はその後すぐにハワイに遊びに行ったらしく、おそらく俺のブレスレットを換金して旅費にあてたのだろう。さらにそののち、俺はヤクザになってから、その先輩に「お礼参り」をしに会いに行ったが、もう地元から消えていた。

そのときのことが、本当に悔しかったのを覚えている。しかもそのブレスレットは、自分で一生懸命働いて稼いだバイト代で買った物だ。そんな呆気なく自分の手から離れてしまうと、なんだかアホらしくなった。コツコツ稼ぐことも、高価な物を買うことも、すべてが…。

ヤクザになれば常に奪うか取り上げる側じゃないか。もうすぐヤクザになるんだ。まともに

働いてられるか。俺は裏街道をこれから歩むことで悔しさを紛らわしていた。

金の稼ぎ方がわからない

26歳の終わりに、府中刑務所から仮釈で飛び出した。

刑務所では工場で毎日作業をするので、「作業報奨金」というものが出所の際にもらえる。俺は懲罰や調査ばかりだったので、他の受刑者よりもこの作業報奨金が少なかった。普通はだいたい1年で1万5000円くらい。3年の勤めだと4万くらいにはなるのだが、俺は3年半も勤めたにもかかわらず9150円だった。これじゃあ散髪に行って、居酒屋で生ビール2、3杯とメシを飲み食いして、タバコの2、3箱でも買えばお終いだ。

出てきたばかりの俺は、パクられる前に残しておいた金が300万くらいあったのと、アパート経営していた祖父に甘えて一部屋使わせてもらうことで、当面の生活する金と場所は確保した。しかし300万あっても、衣服を揃えたり食いつなぐことで出費がかさみ、何かシノギを始めるには少なすぎた。

出てきてすぐ、元いた組織にカタギになると伝えにいったところ、組長から「少しゆっくりしとけ」と言われた。明確な処分が出ない状態だ。

ヤクザ的に言えば、破門や除籍といった「組抜け」が出来てない状態のまま干されていたわけで、俺は仲間が経営するクラブで用心棒のバイトを始めた。悪い奴らが遊びに来るところだったから環境としては最悪だったが、使ってくれた友人には感謝している。

夜通し店にいて、最後には掃除を手伝って1万円もらった。それでも不満が出てきて、ストレスを感じるようになる。

「街に名前を轟かした不良の俺をこんな安く使いやがって」と。

自分から頭を下げて仕事を与えてもらっておきながら、そんな感情になるなんて今考えれば最低だが、幼かった俺はそんな感情のまま過ごしていた。ちょうどその頃は出てきたときに持っていた金も底を突き始めていて、おまけに懲役ボケにも苦しんだ俺は、実家で暴れて精神病院へ送られることになる。

ここでの暮らしについても過去の著書で詳しく触れているので割愛させてもらうが、精神病院には11カ月いた。

精神病院での生活は、たいして金はかからなかった。金がかかったといえば、毎週水曜日にだけ売店で菓子やらカップラーメンやらを購入することが出来て、それぐらいだ。

入院生活でたっぷり太った俺は、退院と同時にいろいろ出来ることをやってみた。「THE OUTSIDER」に出場したのも、この頃だ。

ブログの開設や、興信所まがいのこともやってみた。依頼相談を受け付けるメールアドレスを実話誌なんかに掲載すると、いちおうそれっぽい依頼がきた。

「服役していると噂の、連絡の取れなくなった恋人を捜してます」

そんな依頼がやってきては、適当に人伝てに聞いてみたりして、どこの刑務所に服役中かを確認できれば依頼主に回答を伝えて、報酬を受け取る。確か、10万とか受け取ったと記憶しているが、やっぱり専門的ではないアングラなやり方に、自分でも罪悪感を覚えた。

探偵事務所や興信所みたいに、本格的に調査をして、それこそ車を出して何日も尾行したり、

特殊な装置を使って会話を録音したり、盗聴器を発見したりと、やはり金をクライアントからもらう以上はプロフェッショナルな仕事をしなければならない。ところが、俺のやっていたことといえばあまりにも適当で、このまま続けていればトラブルに発展するだろうと思い、辞めてしまった。

他に、携帯小説のサイトを運営してバナー広告を入れるという案件もやったが、これも話を持ってきたITの人間と揉めてしまい、途中で辞めてしまった。当時、俺のブログが人気があったので、そこに目を付けたモバイル関連事業を手掛ける広告屋の人間と組み、流行っていた携帯小説を俺が書いて小説の閲覧ページにバナー広告を貼ってユーザーがクリックしたらいくらか入るというシステムだ。小説を1本書いたらその原稿料も入るが、広告料のほうが全然デカい。1クリックで幾らとか、覚えていないが、そんな計算の仕方だった。

これは、ITの人間と喧嘩別れしてしまったのでいくらも稼がないうちに終わってしまったが、その頃からぼんやりと、自分という人間について考え始めていた。

金の稼ぎ方は無数にあるが、俺一人になって自分の頭だけで何か考えてみろと言われたら、何が出来るだろうか？　なんにも出来ないいんじゃないか？

かといって、誰かと関わってみたところで、絶対に俺は揉めてしまう。当時は原因もわからずに、「クソ！　俺は何も悪くないのに」と毒づくものの、少し経って冷静になれば、原因はいつも自分だということに気付くのだ。

人と関わらなければ生きていけない。金を稼ぐならなおさらだ。だが、俺は人と関わると…。そんなことを悩んだこともあったが、原因はすべて不良時代のつまらないプライドにあることに気付いていた。自分じゃ、あんな世界は懲り懲りだと抜けて更生を謳っておきながら、カタギの人たちと接するようになった途端、

「コイツら、俺を誰だと思ってやがる！」

こんな感情が沸々と芽生えてきては、どこかで酒でも引っ掛けたら最後、爆発してしまうのだ。

もう何度、こんなことを繰り返しただろうか？

この頃、俺は実話誌なんかにコラムを寄稿したり、「歌舞伎町ペンクラブ」なる、作家、ライター集団に参加して、物書きとしての活動も始めていた。

歌舞伎町ペンクラブは、新宿を根城に活動する様々なジャンルの〝玄人〟が集まって、文化人的な動きをしている集団だった。俺はそこでいちばんの新人だったので、いろいろと勉強した。そして自分も何か筆にまつわることをしようと模索した。

ブログは金にならない。というか、アメブロに広告をつけて稼ぐブロガーもいたが、俺はそれをしなかった。別に意味はない。雑誌のコラムや連載だけでは、まとまった金にならない。期日までに見開きで2ページの特集記事を書いたところで、2万ほどにしかならない。他のライターは知らないが、当時の俺はそうだった。そんなのを何誌か書いたところでたかが知れている。

また、この出版関係者も癖の強い人間が多くて、ライターはまだいいものの編集長なんかはどこも勘違いした奴らばかりで、ここでも俺はしょっちゅう喧嘩していた。

結局この当時、社会のルールも常識も知らないまま、ちゃんとした定職にもつかず、人の話も聞かずに、ふらふらと小さな世界でほんのかすかに売れた名前だけでなんとか生きていた。

金も稼げると思っていた。ただぼんやりと、「自分はなんとかなる」と本気で思っていたのだから、アホにもほどがある。

付き人やかばん持ち時代

たまに入る書籍の印税なんかもあったが、そんなものは何に使ったかも覚えていない。俺のデビュー作『ドブネズミのバラード』の印税は、バンコクの空港で逮捕されて、帰国のためにいろいろかかってすっからかんになった。

電子書籍の印税なんかもあるが、本当に微々たるものだ。先輩の紹介で、「捨て看（すてかん）」貼りのバイトをしながら、芸能事務所の社長の付き人をやっていた時期もある。これは1年ほどだったが、給料がもらえるのではなく、何か仕事として成立すればギャラとして支払われるというものだった。

この芸能事務所では、パチンコ屋の営業にまわったり、女性タレントが起こしたホストクラブ

とのトラブルを収めたこともあった。こういった話のときは、社長から小遣いとしていくらかもらった。会食だなんだで、メシは食える。その社長にはいろいろと大切なことを教わったので、別に「タダで使いやがって」などとは思ってはいない。非常に人間味のある優しい人だった。だが、俺はその社長とも揉めてしまう。いつものやつだ。

この芸能事務所と喧嘩別れしたあとは、新橋の、とある人物がやっている会社に出入りするようになった。何をしているのかよくわからない人たちが出入りしてる会社で、昔、九州のヤクザだった人が会長と呼ばれて、何やら「癌に効く水」だとかを販売したりしていた。警察OBから現職の政治家まで、あらゆる人間がその人のことを「会長」と呼んで機嫌を取りに来ていた。

知人の紹介でその会長と出会ったのだが、俺や、俺の親交のことまでよく知っていて、気に入られたことから、気付いたらそこに出入りするようになっていた。

まだ、そこも給料が出たわけではなかった。しかし、会長の「場面」についていくといろんな人と縁が出来て、それが仕事の話に発展することもぼちぼちあった。もちろん、ジャンプしたりせずに、「○○さんからこんなお話をいただきました」とか、「○○さんに今度、食事に誘われました」とか、逐一報告していた。

会長のもとにはいろんな人が訪れるので、実に様々な話が聞けて勉強になったが、結局は何がしたいのか見えてこないのと、疑似ヤクザのような関係性に疑問を抱き、俺のほうからひとこと入れて離れた。

実態もよくわからないし、ヤクザをやめたのに謎の権力者みたいな人たちの集まりに交ざっていても、はたから見ればヤクザと変わらない。

そこを抜けてからの俺は誰とも会わなくなり、『遺書』の出版を決めてからは出歩くことも少なくなっていた。

金は最低限必要だ

2014年に書いた『遺書』は、まさに俺の命を賭けたと言える、とてもリスキーな内容の本だ。それが世に出るというタイミングで、俺は潜伏するように、ひっそりと過ごしていた。まぁ、ひっそりと言っても近所には出歩いていたので、新宿二丁目の盛り場にはふらふら近寄っていた。

そんなある日、ちょうど新宿二丁目で、俺は道端で女性にばーんっと勢いよくぶつかってしまったことがあった。この女性が今の妻の麗子で、以来8年も一緒にいる。

酒浸りだった俺が酒を断ち、タバコもやめて、更生してなんとかまともに生きていられるのも、すべて彼女のおかげだ。

俺は本気で変わろうともがき、苦しんだ。酔っ払って二丁目のクラブで外国人と喧嘩になり、顔の骨を折る怪我をして入院したとき、もう酒をやめると誓ったが、新婚旅行のマレーシアでその誓いを呆気なく破ってしまった。その後も毎日、言い訳しながら酒を浴び、果ては心配する麗子をひっぱたいて殴打してしまった。酔っていたので、何か妻の放ったひとことが俺の逆鱗に触れたのだろう。

それを猛省した俺は、本当に決意した。

酒をやめてからはとにかく金を稼ごうと。

それからは、いろんなバイトを探した。しかし、どこへ行っても顔のタトゥーを理由に雇ってもらえなかった。

そんな中、荷揚げ屋のバイトが一件だけヒットする。理由は、過去に現場のアシスタントのバイトでボードなんかの搬入をしていたということだ。一現場で5000円しかもらえなかったが、重い石膏ボードを運びまくった。昔掴んだコツを思い出しながら、落とさないように、慎重に運ぶ。何度か運んでいるうちに、コツを思い出してきた。

ある日、仕事を終えて次のバイトを入れるための電話をかけていると、会社の人にこう言われた。

「しばらく現場がないかもしれないので、別のバイトも探したほうがいいかも」

「どういうことですか？　なんか俺の容姿にクレーム入りましたか？」

「実はね…そうなんだ。瓜田さんは目立つから」

それ以来、どれだけ待っても仕事が回ってこないので、そこも辞めた。

今さら何をしたところで、俺という人間は隠しようがない。そこで、どうせならと開き直り、自分の存在を前面に出して何か出来ないかと思い、現在のYouTubeチャンネルを開設した。チャンネル『瓜田夫婦』を始めると、いくらか最低限の生活はできるようになった。むしろ、食べたいときに、どこにでも食べに行ける。

以前はどこかレストランや居酒屋に入っても、

「○○円しか持ってないから、飲み物は一杯だけ」とか、

「デザートは2人で食べよう」

ときには、席にまでついたのにメニューを見ながら金のことで夫婦喧嘩となり、何も頼まずに帰ったことも一度や二度じゃない。

今はそんな喧嘩もだいぶ減ったので、安心している。もっとも、キツいのは怪我や病気のときだ。幸い、俺たち夫婦はすこぶる健康なので、普段は医者いらずの生活を送っている。

ところが、麗子は心配性なので、たまに真夜中に、

「背中が痛い。これはたぶん、内臓の病気や」

「頭が割れそう！　脳に異変が」

「胃が痛い…癌かも」

と騒ぐことがあり、その都度、救急車を呼んで新宿区内の救急病院に行くのだが、今のところ、大病だったことは一度もない。どこも異常はないと毎回、先生から言われている。

問題は、夜間の診療には非常金みたいなものが必要で、加えて診療時間外の費用が加算されるため1、2万円ほどかかることも少なくない。「何もないのに」だ。

それでも、麗子が病気でもなんでもないとわかれば安心し、良かった良かったとラーメンでも食べてタクシーで帰ることで、ちょっとしたプチ旅行かデートになる。ところが、麗子はその後も真夜中に「○○が痛い！」と泣くことがある。

「なんとか明日の朝まで我慢できないか？」

俺はそう頼むのだが、

「うちが死んでもいいんやな！　夜間の診察が高いからって、うちの命のほうが大事やろ！」

と、わめかれては、ひとたまりもない。

最近も夜中に、

「なんか心臓が痛い！」

というので、救急車を呼んで某大学病院の救急外来に行ったが、そのとき初めて麗子が金の心配をまったくしていないことに気付いた。

結局、麗子の心臓にはなんの問題もなく、いつものパターンで無事に帰ってこられたが、その道中、考えていた。妻や自分や家族に何かあったとき、財布や通帳の残高を気にしていたら誰も助からないし助けられない。

「金なら心配ない、いくらでも払うからなんとか治してくれ」

そう言えるぐらいは稼ぎがなければダメだと強く思ったよ。

第3章

家族

FAMILY

親父のこと

去年、親父に会いに行った。いろんな噂がある人で、生きているのか死んでいるのかわからなかったが、生きているのなら一度、麗子に会わせてみたかったからだ。

親父についてはいろんなところで話しているし語られてもいるので、詳しくは書かない。しかし、昔は有名な暴走族の総長で、その界隈では名前を知られていた人物だ。しかし、その後はヤクザ稼業をしていたものの、そちらの世界ではあんまりだったようだ。俺が刑務所から戻った頃には、もうカタギになっていると風の便りに聞いていた。

俺が一時期、所属していたヤクザ組織も親父とは違う組だったし、幼少期から一緒に過ごしたことはなく、俺が学校や地元で問題を起こしても親父から怒られたことなどなかったし、誰かと喧嘩しても相手の家に謝りについてきてくれたこともない。

さらに、親父から男のあり方を教わったこともなければ、本気で怒ってもらったこともない。

それでも、俺にとって親父の存在はかなり大きくて、真似をしてみたり、認められたくてヤンチャが過ぎたこともあった。

別に、どこで何をしているかもわからない親父の耳に、もし自分のヤンチャな噂話がかすったところで「あいつ、よくやってるな」なんてなるはずもないのだが、ガキだった俺は不良として有名だった親父には不良な生き方をしていれば評価してもらえると勝手に思い込んでいた。

両親が離婚したのは、俺が小学校6年生のとき。もともと親父は家に帰ることもなく、離婚といっても形式だけで、実質0歳からずっと母子家庭だ。

それでも、まったく会っていなかったわけじゃない。年に一度くらい帰ってきたりしてね。俺がヤクザの道に行ってからも何度か会ってるし、一緒に酒を飲む機会もあった。普段は関西と韓国を行き来していたが、当時の親父はシノギや付き合いで歌舞伎町に出ていることがあって、駆け出しの俺と時期が重なったんだろう。

酒の席での親父は、思い切りヤクザだった。子どもの頃、1年ぶりに帰ってきてはマンションの下のデニーズに連れていってくれた人と同一人物とは思えなかった。それとも、子どもの前だからって照れ隠ししていたのだろうか。あるいは、親父もカタギとして生きていくことに限界を感じ、いい年になってからヤクザになったのだろうか。そのへんのことは、現在もわからない。

そんな親父がどこでどうしているかわかったので、俺は麗子を連れて会いに行ったのだ。どうしてわかったのかというと、俺の兄貴が親父とたまたま連絡を取り合ったようで、兄貴が伝えてくれたからだった。

東京の某所で親父と再会し、いろんな話をした。今の親父の事情や経緯を知った以上、どんな話をしたか書くことは出来ない。でも、確かなことは、元気だったってことだ、それなりにね。まだ65歳だっけか？　大病を患っていたとか、そんなんじゃなくてとにかく良かった。こんな俺でも、久しぶりに会えて嬉しかったわけだ。

なぜそこまで親父と会うことにこだわったかというと、麗子をどうしても会わせたかったんだ。稼業から足を洗い、これだけ落ち着いた生活を送っていられるのは、すべて彼女のおかげなんだと。俺をすっかり変えてくれた女性なんだと。

これまで親父と話したり、親父が歌舞伎町で飲んでるところに顔を出すことはあったけど、これだけ肚を割って話が出来たのは初めてのことだった。いろいろ乗り越えてきた〝現在〟だからこそ、過去についてもあんなふうに話すことが出来た。それまでは俺も親父も、完全に心を許したことはなかったはずだし、親子なのに探り合うというか、親父が言葉を発するたびにその真意を読み取ることに神経をすり減らしていた部分がある。それが〝本音〟なのかどうなのか、わからなかったからだ。

〝場面〟というものがあの世界にはあって、自分の力の誇示や振る舞いや見せ方、駆け引きの際の演出だとか、それはあらゆる局面で顔を見せる。何が本音で真実なのか、さっぱりわからないことが多い世界。たとえ親父と言えど、全部が本心かわからないんだ。ましてや、一緒に過ごした時間がほとんどなく、互いに渡世人になってからの邂逅だ。

「金を寄越せ」

「若い衆を寄越せ」

そんな企みがあるんじゃないのかと、いつも勘ぐっていたのだ。

俺が産まれるずっと前、若かりし頃の親父が出演していた暴走族のドキュメンタリー映画がある。

『ゴッド・スピード・ユー！　BLACK EMPEROR』

1976年に公開された、白黒の作品だ。

当時、俳優だった本間優二さんをはじめ、伝説の暴走族、ブラックエンペラーの新宿支部のメンバーを中心に描かれた作品で、ここに親父が登場し、映像の中で実に異彩を放っているのだ。

1人だけ大人びた風貌で、後輩に説教をかますシーンがある。パー券の売り上げの計算が合わずに使い込みを疑われた後輩が、たまり場の喫茶店に呼び出されて、親父の前に座らされる。いつまで経っても煮え切らない返事をする後輩の顔面に、何発も殴る蹴るの暴行を加える衝撃的な映像だ。

この映画のビデオテープが自宅にあったので、俺は中学生の頃に何度も見た（そういえばあのビデオテープはどうしたんだっけな？）。近所のビデオショップで売られているものを買ってきたのか、誰かがうちに置いていったのか、もしくはもともとうちにあったものなのかはわからない。しかし、それを何度も何度も繰り返して見たことだけは鮮明に覚えている。

今にして思えば、映像の中で親父が後輩に焼きを入れるシーンこそ、まさに〝場面〟なんだとわかる。カメラが回っているから、自分の格好つく「画」が必要だったんだ。その後輩は、完全な被害者だ。

そんな親父については、様々な風の便りってやつを聞いてきた。

「多方面から狙われている」

「金も尽きてどこかで野垂れ死んでいる」

「恨みをそうとう買っているから出てこられない」

他に、ここでは書けないようなことを耳にしたこともある。

いろいろ耳にするたびに、モヤモヤと、曇った気分になった。心配だけど、どこかで無事でいてほしいと思っていたし、変な連中に、それこそどこの馬の骨ともわからないヤクザ崩れみたいな奴にとっ捕まっていじめられるような親父の姿は、想像したくなかった。偉そうに振る舞うのが様になる親父には、あのままでいてほしいからだ。

結局、俺の心配はすべて、いい意味で外れてくれた。親父は相変わらずの親父だったし、無事だった。

俺にとってのあの人とは、なんと言えばいいのか、本当に過ごした期間があまりにも少ないし、愛情をかけられたことも手を焼かせたこともない。「親父」という呼び名であるだけの、他人に近いのかもしれない。

でも、確かなことは、俺がよくしゃべるところや何かと目立つところ、必然的に不良な生き方を選んできたのは、すべて親父のＤＮＡからきたものだということだ。

今でも会えば敬語を使うし、普通の親子のように「親父、しっかりしろよ」なんて口にすることは出来ない。好きなように生きてきたのだから、これからも好きなように生きればいいと思っている。

まあ、誰に何か言われたところで、誰の話も聞かないだろうけど。

これまでいろいろとやりっぱなしで生きてきた親父。

「ただの男」として何かを背負いながら歩き出した〝現在(いま)〟がいちばん格好いいと断言出来る。

俺も頑張らないとな。

お袋と兄貴

そんな親父のことをよほど嫌っているのか、未だに親父の話題になると文句を言い出すのが、お袋だ。

よっぽど嫌な思いをしたとか、憎んでいるとか、そんなんじゃない。どこの家にでもあるような、別れてからも思い出すと腹が立ってくるとか、そんな感じだ。

お袋は親父の母、つまり俺から見たおばあちゃんのことも大嫌いで、

「あれはロクな死に方しない」

とか、よく言っていた。

まぁ、これも嫁と姑にありがちな、どこの家にでもある話なんだろうけど、親父が家庭人としてはロクでもなかったにもかかわらず、母親だけは大事にする人だったので、そのせいでお袋は随分と苦労したようだ。

お袋から、「冷たくて意地悪な人」と言われていたおばあちゃんは、その反面、俺と兄貴、そ

して親父にはとても優しかった。

まぁ、どこの家もそうだと思うが、祖父母というものは孫には弱いものだ。しかし、子どもの視点から見ていても、おばあちゃんが親父のことを特別に可愛がり、大事に思っているのが伝わってきた。

「よし（親父の名前はよしはる）は、本当に立派なのよ。よしがなんでも正しいのよ」

そう、よく口にしていた。

親父が仮にどんな犯罪を犯そうとも、おばあちゃんなら、

「よしは悪いことなんてない」

そう言うだろう。

そんな祖母と、普通の情を持ち合わせたお袋とは、まったく合わなかったんだろう。お袋もよく、

「私は他人が嫌いなのよ。あぁ、うざい」

とか、

「近隣に変なボケた婆さんがいるんだけど、私のことが嫌いなのよ。ったく、早く死んじまえ」

なんて言うのだが、本当は怖がりで、野良猫が危険から身を守るために威嚇するように、近所で頑張って強がっていたに違いないお袋。おばあちゃんとたいして変わりはしないのだ。

例えば、俺が突然、誰かを殺してしまうとする。そして俺が捕まったところで、面会や手紙では、

「俺は間違ってないよ」

と慰めて、さらに、

「純士は悪くない！　そうだそうだ！」

なんて言い出すんじゃないか。母親というものは、いつだって息子には弱いのだから。

お袋はめちゃくちゃ真面目だから。自分の頭で出来ないことや、自分の計画の範疇からはみ出るようなことは絶対にしないいし、危ない橋を渡ることもない。かなり保守的だ。

俺と兄貴が小学生のとき、お袋は突然こう言った。

「離婚することを決めました。あんたたちは好きなほうについてきなさい」

俺たちはまだ小学生だったたし、しかも親父なんて一年に一度くらいしか帰ってこないのだから、お袋についていくことになるのはわかりきった話だ。なのに真面目なお袋は、丁寧に、か

つ涙目で、静かな強い口調で言ったのだ。

「ついていくよ」

俺と兄貴は、互いに目を合わせながらも、そう言うしかなかった。

それまでお袋は、歌舞伎町で花屋を経営していた親父と祖母の下で働いていたので、花屋の給料で家計をやりくりし、もしかすると売り上げの一部を管理したり、当時は祖母も同じマンションの別フロアに住んでいたのでメシを作ったり何かと手伝ったりで、それとは別で小遣いとかをもらっていたのかもしれない。しかし、俺の知る限りでは、ほとんど給料だけでなんとかやっていた。

ところが、それが離婚となると、そうはいかなくなる。たとえば、マンションを離れなくてはならない。そのため、お袋は俺と兄貴を連れて、お袋方の祖父が経営していた高円寺にあるアパートに、頼み込んで引っ越しすることになった。

その頃のお袋は、「不動産を覚えたい」といって、いろんな不動産屋に面接に行って、俺と兄貴のために働いていた。夜間は定時制の学校にまで通っていた。お袋は「学校一の不良番長(親父のこと)」と付き合っていたくせに、実は生徒会長タイプだったようで、けっこう勉強なんかも出来る。

ちなみに、お袋の兄は関西の有名大学で教師をしている人物で、そして俺の兄貴もかなりの秀才。数冊ほど本に目を通しただけで「宅建（宅地建物取引士）」を取得してしまったほどだ。

俺だけ、勉強が出来ない。

やれば出来ないこともないのかもしれないが、集中力をそこに使いたくはない。


これまでお袋には、さんざん苦労をかけて泣かせてきた。しかし、今の俺がヤクザに戻ったり、刑務所に戻ったりすることは、もうないだろう。行きずりの女と結婚、離婚を繰り返した末、現在の嫁さんに落ち着いたので、今は逆にお袋のことを心配する側になった。

タバコをやめるように勧めても一向にやめる気配も見せず、甘いものを一日中食べ続けるお袋。人間ドックや検診に行くよう勧めても、

「なんか病気だったら怖い」

そういって、病院にも行ってくれない。

お袋の体には、実は刺青が入っている。それもけっこう全身にがっつり入っているので、保

険とかちゃんとしたものに加入出来るのか心配していたが、ちゃっかりというか、いろいろと入っているとのことだったので安心した。

俺がガキの頃から、そういうところだけはものすごくきっちりしていて、真面目な人だった。反面、すごくプライドが高くて、〝男前〟でもある。金が余っているわけでもないのに、金のことで絶対にウジウジ言うことはない。冠婚葬祭や、誰かのお見舞い、お祝いごとはもちろん、俺が世話になった人がお店を出せば胡蝶蘭を贈って、何か事故やトラブルになれば「考えるのはあと」で、まずはその場を収められるほどの金を付けてしまう。

これが大女優の息子や実業家の息子なら、「何かあれば母ちゃんがなんとかしてくれる」と甘えきってしまうところだが、うちは本当に厳しい環境の中でこんな「男前」なスタイル。とてもじゃないが、何かあったとしても、もうお袋にはいちいち伝えていられない。落ち着いてからは、だいたいが事後報告だ。

そんなお袋も、最近はスマホに変えて、ＹｏｕＴｕｂｅで音楽を聴いたり、俺たち夫婦のＹｏｕＴｕｂｅライブ配信にチャットしたりと、なんだかんだ楽しそうにしている。

一時、SNSを覚えてFacebookを始めたりしていたが、SNSの中で生きる住人たちを見ていたら次第に嫌になったようで、すぐに退会してしまった。

Twitterもやってみたが、一般企業に勤める兄にバレて怒られたようで、すぐにやめてしまった。

「ただでさえ刺青が入ってて、さらにその写真をSNSで公開するなんて。それが会社にバレたら大変なのに、この期に及んで今度はTwitterでタトゥーの話？　もうやめてくれ！」

そうさんざん言われたらしく、少し落ち込んでいたものの、今では「note」にて無料記事を書いて公開している。

何か発信したくなる性分なのだろう。そこはやはり、俺のお袋と言ったところだ。

兄貴とは仲がいいね。あまりにもタイプが違うけど。

ガキの頃から喧嘩らしい喧嘩もほとんどしていなくて、会えばなんでも話すし、本当に仲がいい。

子どもの頃、確か数回喧嘩した記憶があるけど、男兄弟でしかも年子なら、いがみ合うのが

当然で、うちは少ないほうだ。

前にも書いたが、兄貴は頭が良くて、派手に転んだり怪我したりといった破天荒なエピソードがない。よく病気にかかったりしてはいたけど、それでも誰にも迷惑をかけることなく、ひとことも泣き言を漏らさない、何にでも我慢できる強い人だ。

俺なんかは、すぐに「痛い」「つらい」と喚くけど、兄貴は小さい頃から苦しくても絶対に苦しいとは言わなかった。それを見ていて、俺は心の中で、

「兄貴は本当に強いな」

と、尊敬していたほどだ。

小学生の頃、忘れられない思い出が一つある。

当時、俺たちは新宿の富久町にあるマンションに住んでいた。靖国通りと外苑西通りの交差点付近にあるレンガ色のマンションだ。隣に寺があって、敷地内に勝手に入っては、墓地の中を歩きまわっていた。

その寺から外苑西通りに出たところに、コンビニがあった。個人でやっているような店で、珍しい名前だったはずだ。

ある日、俺と兄貴はある〝目的〟を持って、その店に入っていった。夕方の18時頃だったと思う。色白の、20歳くらいの男の店員が1人レジにいるだけで、俺たち以外の客も1人か2人だった。

俺と兄貴はお菓子のコーナーや雑誌のコーナーを時間をかけてうろついて品定めしたあと、レジの前にあったラムネ菓子をどっさりと鷲掴みにしてカウンターに置いた。兄貴と目を合わせながら、こちらが緊張していることを悟られないように、さりげなく店員を見た。無表情でバーコードを読み取る手元を見ながら、ポケットの中の〝例のもの〟を握りしめる。子供銀行のプラスチックで出来た、金色の500円玉。オモチャ屋でゲットしたときから、

「これだけ見分けがつかないなら、普通に買い物出来るんじゃないか？」

と、ずっと思っていた。

よくよく考えてみると、重さから色まで、実物とは程遠いシロモノだ。それでも俺は、自分たちの作戦が上手くいくか確かめたくて仕方なかったのだ。何より、こんなことを勉強やテレビゲームばかりして遊びに出かけない兄貴とやっているという、誰にも言えないような出来事を共有していることが嬉しかった。

いよいよ金を出すときがやってきた。一つ100円のものがたくさんあって、確か合計で2000円とか、そのくらいだった。店員から目線を外さずに、ポケットから金色の500円玉をいくつか出してカウンターに置いた。

すると、店員はいつもの通りにラムネを袋に詰め始めた。

「あれ？　全然気づかないぞ」

いつの間にか袋詰めを終えた店員は俺たちに、

「ありがとうございました」

と言って、目も合わさずに袋を寄越してきた。

気付かれていないのなら、それは成功なので、さっさと店を出て兄貴と手を叩いて喜べばいい。しかし、心のどこかで「こんなに上手くいくはずがない。バレてお袋に怒られるんじゃないか？」と思っていたので、なんとなく肩透かしを食らった感じだった。

俺と兄貴は帰りの道中、何度もコンビニを振り返りながら、上手くいったと笑い合ったが、あとあと考えてみると、あのときの店員は子どものいたずらだと理解した上で、〝乗って〟くれたんだろう。当然、店には自腹であとから2000円払ってくれたに違いない…。

もしかすると、その店員の彼も、子どもの頃に同じようなことをした経験があったのかもしれないね。

俺が20歳くらいの頃か、とにかくすっかり大人になってから、こんなことがあった。ヤクザ稼業をしながら歌舞伎町でバリバリに活動していると、お袋から連絡が入り、兄貴が帯状疱疹で、それも悪化してけっこうヤバいことになって緊急入院したと伝えられた。目の周りにも帯状疱疹が広がった上、目の神経に痛みが広がり、呼吸も荒いという。心配になった俺は、病室を聞くと、直ぐに向かった。

実はこの日の1日か2日前、歌舞伎町で指を飛ばしていた俺は、左手の小指部分に包帯を巻いていたのだ。

下手を打ったとかではない。若気の至りからか、俺はカッとなった末に組長に言い放った発言の責任を取って、半ば強引に落としたのだ。

しかし、最初に刃物を使わなかったので、骨と肉がガタガタになってしまった。噛み切ろうとしたせいかキレイに落とせず、ぶらんぶらんと取れかけた状態で、あとから手に入れた包丁

で最後の一手を放ったのだった。

そのため、いちおう夜中に病院で縫合、消毒してもらい、そして断指した小指を胸ポケットにしまったまま事務所で寝ていたのだ。兄貴の見舞いついでに、自分の指の消毒もしてもらおうと、タクシーで病院へ到着すると、先ずは兄貴のいる病室へ向かった。

個室のベッドに横たわる兄貴の顔は、誰なのか選別がつかないほどに帯状疱疹で覆われ、苦しそうに目だけがあちこちに向いていた。

売店で買った大量の菓子や果物を椅子の上に置き、お袋から症状の説明を受けていると、そこへ看護師さんが検温にやってきた。俺は咄嗟に、

「消毒液ありますか？」と話しかけた。

あるにはあるけど、患者以外には渡すわけにいかないというので、包帯を見せて、

「じゃあいいよ。売店で買ってくるよ」

俺は不貞腐れていたが、お袋に「どうしたの？」と聞かれたので、ジャケットの胸ポケットから小指の先端をつまみ出し、

「いやぁ、飛ばしちゃってさ。親不孝ですまないね」

そう笑い飛ばした一幕があったのだが、あとで聞いたところ、そのときの兄貴はギョロッと目を剥いて、その光景にただただ驚いていたという。

びっくりさせちゃって、すまないね。いくら人間的にも、住む世界も違おうと、兄弟には変わらない。

なのに俺は、「家族だから」という理由で、俺の非常識な振る舞いを理解してくれるもんだと平気で思っていたんだから、どうしようもない。

その世界ごとに常識は全く異なるもので、すべてに理解を求めることは間違っている。

それでも、家族というものは何も余計なことは言わず、聞かずに、ただただ俺のしたことを理解してくれる——。

俺は勝手にそんなことを期待していたのだが、そんなものは思い切り甘えであって、今の俺の目の前でそんなことが起きれば、驚いて腫れ物に触るように接してしまうはずだ。

そんな俺がたまに見せる〝破滅的な行動〟や〝感情の爆発〟というやつは、親父よりもむしろお袋の遺伝子が強いんじゃないかと思っている。

第3章 麗子と子どもたち

妻の麗子と出会ったのは、もう8年以上も前のことかな?

実は、この原稿を書いていた前日の7月某日が、俺たち夫婦にとって7回目の結婚記念日だった。俺と麗子は、西新宿の住友ビル49階にあるラウンジで、ディナーを楽しんだ。

夜景がウリのくせに、盛夏であるため午後7時を過ぎても青空のまま。まったく陽が落ちず、ムードも何もない中で俺と麗子はブーブー文句を言いつつ、スムーズに運ばれてこないコース料理にもブツブツとケチをつけながら、思い出話に花を咲かせていた。

「2人が出会ったのはいつだ?」

「何回目の記念日だ?」

時系列で思い出していく。麗子との出会いや一緒になるまでの馴れ初めは、いちおう「家族」についての章なんだけど、書き出したら止まらなくなるので、あとで存分に書かせてもらうことにする。

なので、少しだけ振り返ってみよう。

麗子と一緒になる前には、こんなことがあった。

当時、俺は新宿に住んでいて、麗子は埼玉に住んでいた。彼女は大阪出身だが、ひょんなことからこっちに出てきたのだという。

まだ交際を始める前、知り合って直ぐの頃、麗子が風邪で寝込んでいると電話で聞き、見舞いに行くことになった。栄養ドリンクや風邪薬などと一緒に、食べ物も買って向かった。大阪から出てきたばかりで、こっちに頼る人間もいなければ、友達も少ないと聞いていた。心細いだろうと思い、埼玉といっても限りなく東京に近いところなので、30分ほど電車に揺られるだけで辿り着いた。

そんな俺に、麗子は駅前の商店街まで迎えに来てくれたので、

「無理しちゃダメだよ」

と言いながら、マクドナルドでハンバーガーを買い、麗子の暮らすマンションまで歩いた。そのマンションが見えてきたあたりで、突然、麗子が言い出した。

「ルームメイトが住んでるけど、気にせんといてな」

「ルームメイト？　でも、1人じゃなくて良かったね。女の一人暮らしは危ないからね」

マンションの前まで来たとき、さらに麗子が言った。

「1人は今、ダンスに夢中の役者の卵の男の子で、もう1人は芸能ごとを頑張ってる女の子やねん」

「へぇ、その子たちと家賃を折半しているんだね」

そんなことを話しながら、マンションのエントランスを抜けてエレベーターに乗り込む。上の階に着き、廊下を歩いてると、麗子が言った。

「ここやで」

そして、麗子が扉を開いた瞬間、中学生くらいのジャージ姿の元気な女の子が出てきた。

「おかえり、ママ！　どこ行ってたん？」

そして、俺をジロジロ見つめ、

「この人、誰なん？」

と言ってきた。

俺は、「そういうことだったのか」と理解すると、爆笑した。子どもたちを咄嗟に〝ルームメイト〟と言ったことがツボに入ったのだ。

このとき、まだ俺と交際に至っていなかった麗子は、

「子どもがいることを伝えてしまうと、言ったほうも聞いたほうも重くなるんじゃないか？」

思い出すと今でも笑ってしまうのだが、そうやって機転を利かせていたのだった。

風邪をひいている麗子を布団に寝かせ、俺はジャージ姿の娘と遊ぶことにした。そして娘は、「日高屋のラーメンが食べたい」と言っては、変な踊りを踊っている。普段は〝ママ〟がうるさくて、高カロリーなラーメンなど食べさせてもらえないのだそうだ。だから、「こんなときぐらい食べさせてや」と、本気で訴えてきたのだった。

俺は麗子の娘と日高屋へ行くことになった。心配する麗子も、ついてこようとする。幸い、熱もだいぶ下がっていたので、3人で日高屋へ向かった。道中、何度も変な踊りに鼻歌を交えて、幸せそうにスキップするジャージ姿の娘を見ながら。

「よほどラーメンが食べたかったんだろうな」

そう思ったのを覚えている。これが俺とレイアとの出会いだ。

レイアは、このときアイドル活動をしていた。それも、地下アイドルとかではない。地上波のテレビ番組に出てくるような、正真正銘のアイドルだ。

もともとは大阪で暮らしていたが、オーディションを勝ち残り、芸能活動をすることになったので、東京に出てきたのだった。レイアのオーディションにかける思いや、業界関係者の目に留まるための所作や振る舞い、そして出たとこ勝負を生き残るためのメンタルやフィジカルの訓練は本物だ。しかも、それらすべてを麗子がプロデュースしたと聞かされ、頭の下がる思いがした。それくらい、麗子のプロデュース能力は高い。

もちろん、レイアは可愛い。これは身内びいきとかではなく、客観的に見た事実だ。これも麗子のＤＮＡである。素材がいいのはもちろんで、ここに麗子のプロデュースが加わるのだから、オーディション合格も納得がいく。

別に、この場で俺が妻をヨイショしまくることで小遣いがもらえるとか、そんなことじゃない。すべて本心だ。

事実、現在の俺の活動や生き方は、そのほとんどが麗子プロデュースによるものだ。もちろん、「発想」や「企画」「行動」といった面は俺がやるけど、最も大事な「判断」や「見極め」

を麗子がやってくれる。これがいちばん大事なことだ。

そのアイドル活動をするレイアの上に、兄のジェリヤがいる。日高屋に出掛けた時はいなかったが、夜になって帰ってきた。

ジェリヤとレイアはそっくりの兄妹だ。整ったキレイな顔をしている。

夜遅くまでアルバイトをしているジェリヤは、役者を目指すべく歌とダンスのレッスンを受けているため、帰宅するのはいつも夜中になる。先に大舞台に上がった妹を応援する傍ら、自分も負けまいと日々精進していた。

そんな夢に溢れた3人の家庭に、突然お邪魔した俺といえば、なんとも最悪を極めたような見た目である。紫に染めた頭で、顔面にはタトゥーまで入っている。兄妹はとても心配になったはずだが、そんな俺にレイアは変な踊りを教えてくれたし、ジェリヤは味噌汁を作ってくれた。

麗子と真剣に交際することになってから、普段は新宿の俺のところに麗子が会いに来てくれ

て、俺はたまに埼玉の家に遊びに行くようになった。ジェリヤはバイトの金を貯めて、一人暮らしすると言っている。アイドル活動するレイアだが、今は友達と遊ぶことのほうが楽しいようで、友達の家に泊まってくることが多くなった。

兄妹にとって、どちらかと言えばレイアのほうが大変だったと思う。ジェリヤは真面目で、仕事にもきちんと行くし、運転免許を取るのも習いごとをするのも、全て自分1人で調べてから、計画通りに取り組んでいく。独り立ちしているのだ。

一方のレイアだが、ジェリヤよりも幼いとはいえ、やはりまだ子どもだった。あまりに言うことを聞かないレイアを、「お寺に預けたほうがいいんじゃないか？」と、麗子も真剣に考えたことがあるという。

当初、同じ部屋で寝ていたレイアと麗子だが、テレビ局に行く関係でレイアは朝の早くに出掛けることもある。スマホのアラームが大きな音を立てて室内に響くのだが、これだけじゃまったく起きてこない。10回、20回と鳴ったところでなんとかなる話ではないのだ。それも、いびきをかいて寝ていたはずなのに、たまに薄目になったりする。おそらく狸寝入りしているのだ。

「起きなさい！」

そういって何度も起こす麗子に俺も加わり、一生懸命に起こすが、ピクリともしない。そのまま寝バックレを狙っているようだが、麗子もレイアが不安になることを口にしたりする。

「○○とはもう遊ばせへんで」

「携帯は止めるしな」

都合の悪いことを言われるとレイアはむくっと起き出して、ブツブツ文句を言いながら急いで着替えて出掛けていく。友達と遊んでいたい年頃のレイアが、少し気の毒に思ったりもした。


スマホをなくしたレイアが、iPhoneの新作を買ってくれと麗子に相談してきたことがあった。友達と川遊びをしていたところ、川にスマホを落としたという。

これではマネジャーからの連絡や仕事の連絡を受けることが出来ない。それは困るということで、ひとまず、すぐに使える格安スマホを用意しようとする麗子に、

「iPhoneの新作じゃなきゃイヤや!」

「iPhoneの新作じゃなければ仕事も行かない」

と、ごね始めた。

ネットで価格を調べてみると、10万円近くもする、高価なものだ。ちょうどそこにいたジェリヤも呼んで、俺も含めた4人で外でメシを食うことになった。

そこに向かう道中、作戦会議をした。ジェリヤが言うには、これから向かうステーキ屋には食べ放題コースがあって、肉やサラダが何回でもおかわり出来るのだという。

「これだ！」

そう思った俺は、

「食べ放題で俺より食べることが出来たらiPhoneを買う。俺よりも食べられなければiPhoneは諦める」

と、レイアに提案した。すると、腹の減っていたレイアは、

「いいで。めっさ食うでレイア」

と、乗ってきた。俺が痩せているから、ぜんぜん食べられないと思ったのだろう。ジェリヤも兄として参戦してきた。

「純士くん、俺もやりますよ。わからせてやりますよ」

間もなくステーキ屋に到着し、麗子以外の3人によるステーキ大食いバトルが始まった。

次から次へと運ばれてくるステーキと睨み合う俺たち。はじめは威勢の良かったレイアも次第に口数が減っていき、4、5枚を完食したあたりで、顔がひきつってきた。ジェリヤもかなり飛ばしていたので、8枚か9枚程度で限界に達した。絶対にiPhoneなど買いたくない俺は、もう飲み込むようにしてステーキを次から次にたいらげて、13枚ほどを完食した。

結果、この勝負に負けてこのときは新作のiPhoneを諦めたレイアだったが、実はその後、知り合いのおっちゃんだかにiPhoneを買ってもらっていたのだ。

それぐらい、末っ子のレイアは甘えるのが絶妙に上手い。この調子で、いろんな人やファンからプレゼントをもらったり、何かと良くしてもらっている。

かたや、ジェリヤは甘えるのが下手だ。そのため、欲しいものはいつも自分で買ったりしている。長男だからか、とても我慢強くて、文句も言わずにいつも汗水垂らして働いている。レイアのように図々しくないので、自分からあまり欲しいものを口にしないし、頼らない。しっかりしているのだ。

俺と麗子が一緒になってからは、ジェリヤは一人暮らしを始めている。レイアは友達のところに行ったきりで、なかなか集まる機会はなくなってしまったが、ことあるごとにジェリヤは

麗子に連絡をしてきて、近況を知らせてくれていた。心配をかけまいとしてくれていたのだろう。ものすごく母親思いの優しい子だ。

レイアはまったく連絡なんかしてこない。たまにしてくるが、本当に困った時だけだ。

一度、レイアが高校を受験したいと言い出したことがあった。しかし、アイドル活動をしていたので、勉強がまったくわからないのだという。そこで、俺が頭のいい兄貴に頼み、勉強を教えてもらったことがある。

数日、朝から兄貴のところに集まって勉強を教わったのだが、俺もレイアもぜんぜん理解出来ない。まったく勉強が進まないのだ。

それでも、「このままではとんでもない非行の道に進みかねない」と心配する麗子を安心させるため、誰でも入れるような定時制ではあるものの、三部制の学校に面接に向かった。おまけに、レイアに頼まれて、俺まで受験することに…。

しかし、保護者面接で、

「お父様はご勘弁願えますか？」

そう言われて、あっけなく俺の受験は終わった。まぁ、結局レイアも行かなかったのだが。

あれから数年が経ち、いろいろなことがあった。

その間も、俺は、

「あの兄妹から母親を取り上げてしまった」

と思い悩み、当時はよく、

「何か出来ることはないか？」

と頭を悩ませていた。

だが、あるとき気付いた。

俺はあの兄妹の父親にはなれないし、なろうとするのも違うんじゃないか。あくまで友達であり、〝親友〟になればいいんだと。

求められれば出来ることをしてあげて、頼られない限り余計なことは言わない。これからもそうだ。

今では、ジェリヤは俺の通う格闘技のジムにたまに顔を出しながら、朝も夜も働いて、愛する者と幸せに暮らしている。

レイアは本当に変わった。落ち着いているし、たまに会っても、もうすっかり大人だと感じさせる。今では、たまに麗子がレイアに怒られるほどだ。

この兄妹との出会いも、俺を大きく変えたことは間違いない。こいつらは、ずっと続く永遠の〝マブダチ〟だ。俺に出会ってくれた2人と、引き合わせてくれた麗子には、本当に感謝している。

第4章

麗子

REIKO

価値観と倫理観

12月の冷たい風を背中に受けながら、コンビニに酎ハイを買いに行く。Schottのライダースジャケットの下はタンクトップ一枚。バカみたいな薄着でホットコーヒーではなくてストロングゼロをレジに持っていった。

場所は、夜の新宿二丁目。そこらの店に入ればボトル代とチャージを取られてしまう。別に、数千円くらい払えないこともないのだが、手っ取り早く酔うにはストロングを飲んだほうが早いのだ。

頭からカァッと熱くなり、一気にアルコールが全身に回る。コンビニを出たところで知人の女性と顔を合わせ、立ち話をしていたところ、いきなり女性がぶつかってきた。それも、けっこうな勢いで。彼女はそのまま転倒するかと思いきや、なんとかバランスを保ち、体勢を立て直して言った。

「お兄ちゃんごめんな、大丈夫やった?」

関西弁を放ちながら振り返った女性こそ、麗子だった。

麗子は近くの店で飲んでいたが、友達のオカマがそこで痴話喧嘩を始めたらしく、朝までその喧嘩を1人で飲みながら待つのは時間のムダだと思い、店を飛び出してどこか別の店を探そうとしていたらしい。

「大丈夫だよ」

俺はそう答えてから、

「大阪の出身なの？」

と聞いた。

麗子は、東大阪の出身だと言う。話していると共通の知人までいたので、すぐに打ち解けることが出来た。互いの連絡先を交換して、麗子が一度行ってみたいと言っていたミックスバーの場所だけ案内して別れたが、連絡を取り合っていくうちに親しくなり、しばらくして付き合うことになった。

ところが、その頃の俺といえば、まぁひどかった。『遺書』という本の出版を控えていて、内容が極めて過激だということから飲み歩いたりせずに、極力自宅に引きこもったのだ。近所に酒を買いに出かけたり、稀に近くの店で飲むこともあったが、そうすると楽しくなってきて、街のほうへと繰り出してしまうので、そうならないように気をつけていた。

自分で担当編集者とやりとりした原稿に目を通してみると、確かにヤバい内容だ。自分で書いておいてなんだが、内容に肝が冷える。そんな状況だったので、自宅で酒浸りの日々だったのだ。

「酒代を捻出するのでじっとしていてくれ」

と、担当編集者は言う。

これもひどい話で、出版するまで隠れてろと言いながら、いざ本が発売されれば、あとは知りませんてことになるのだろう。出版前にトラブルでも起こされて、出版延期なんてことになったら目も当てられないからだ。

しかし、こちらは出版前よりも出版後のほうが出歩けないに決まっている。その本を読んだ不良や半グレ、その関係者に何をされるかわかったもんじゃない。そんな悩みもあって、ひたすらアルコールへの依存が強くなっていった。

そんなときに一緒になったのだから、精神状態も普通ではない。荒れているというよりも、開き直っている感じだ。

そんな〝どうにでもなれ状態〟だった当時の俺は、真剣に生きようとしていなかった。勘ぐりや恐怖心から解放されるのは、アルコールが一定量を超えたときだけ。正直、自分の幼馴染や先輩たちが東京で暗躍する第一線の不良になってしまい、そんな彼らが繁華街で殺し合いまでしていたのだ。

その争いに出てくる登場人物のことを書いたのだから、心中穏やかではとてもいられなかった。

そんな俺のところに、麗子は通うように会いに来てくれた。俺の酒浸りの状況を心配しながらも、それを口には出さずにいてくれた。今でこそ麗子は口うるさく俺を叱るのだが、当時はまだどう接していくのがいいのかわからなかったのだろう。

いよいよ『遺書』が本屋に並ぶというときに一度離れたが、いざ発売されてからも特になんのトラブルも起こりそうになかったので、また頻繁に会うようになった。

人を見る目

麗子は人をよく見ている。

その人間から出る「いい匂い」と「悪い匂い」を嗅ぎ分けるのはもちろんのこと、最初は良くてもあとあと面倒なことになるややこしいタイプの人間かどうか、冷たい人間か温かい人間か、この付き合いは自分にとってプラスになるか、そんなことを瞬時に見極める能力を持っている。

それも、一度も外したことはない。すぐに人を信じてしまう俺は、麗子のこの「見極め」によって、何度助けられたことか。

口ではうまいことをペラペラ喋っていても、その人間の行動をしばらく観察してみないことには、本質の部分は見えてこない。実はものすごく真面目だという人もいれば、その反対もある。はじめはわからなくても、長く付き合うことで理解出来る人もいる。

実は最低な野郎だった、実はめちゃくちゃいい奴だった――。これは、それなりに一定期間

経過しないとわからないことがほとんどだ。

だが、麗子は違う。「一瞬」なのだ。会った瞬間にはもう感じ取っている。

別に、霊感が強いとかスピリチュアルが凄いとか、そんな話ではまったくない。もっと動物的に、つまり鼻が効くと言えるだろう。

相手がそれまでに多くの傷を負っていたり、哀しみが深ければ深いほど哀愁や慈愛といったものが目に出るし、愛情をあまりかけてもらえずに生きてきた人間はどこか寂しげに擦れた表情をするものだ。

人を羨み、人のものを盗る奴は挙動が落ち着かない。勤勉な者から不真面目な者、神経質な者、何も考えていない者――。これらすべての性質や性格まで、麗子は一瞬で嗅ぎ分けるのだ。本当に凄い。

犬や猫ならそれもわかるが、まるで野良猫や野犬の性質を見極めるように、一分でも話せばわかってしまうという。

俺もこの点で、麗子には鍛えられた。その人間の通ってきた道と、人への接し方、笑った顔や緊張した表情、喋っている内容と目に芯を感じられるかで、ある程度はわかるようになった。

しかし、それだけではまだ充分とは言えない。今はみんなSNSをやっているので、その人間の過去の投稿なんかをチェックすると、さらにいろいろと見えてきたりする。自慢が多いとか、愚痴ばかりとか、他人の悪口だらけだったり嘘つきだなとか…。SNSはけっこう、その人間の本質を見抜くツールにもなるわけだ。

他にも、最初のうちはいい奴だったのが急に自分にとって敵になったり、悪口を言い出す奴なんかもいる。そんな彼らには案外、自分が先にどこかで冷たくしていたり後回しにしていたことがあったりする。人は寂しさを恨みに変えることが多いのだ。

他人との距離

人付き合いがまったく出来ない俺は、いつも原因がわからないままに最後は相手と衝突するか、疎遠になっていくことを繰り返してきた。

長く付き合った者もいるが、付き合いが深くなったところで必ず喧嘩してしまう。麗子と一緒になってからも、この人付き合いでは苦労してきた。

今までの俺は、人付き合いにおける「距離」がわかっていなかった。もっと言えば、自分を理解していなかったのだ。

俺は、自分の懐に他人に入られることが、あまり好きではない。子どもの頃から、友達が自分の家に来てダラダラするとか、長時間ファミコンして遊ぶとかが絶対に無理だった。

家に上げても30分くらいで帰ってもらうことになり、その後、1年間は誰も呼ばない。それぐらい、自分のパーソナルな領域が狭いのだ。

例えば、知り合った人に携帯番号を聞かれるのは当たり前だが、俺は教えたくない。仕事で関わる相手でも、メールならいいが、電話はかけてきてほしくない。それぐらい、人との距離が近くなるのがイヤなのだ。

でも、それを毎回、こちらからアナウンスするわけではないから、たいていの人は空気を読まずにズカズカと距離を縮めてくる。

「（まぁ、実際はかけてこないだろう）」

なんて思って携帯の番号を教えると、その直後に鳴らす人もいるのだから、困ったものだ。

そんな場合、俺はまず着信に出ない、そして、その着信履歴とにらめっこしたまま、結局、折り返すことはない。

この点で麗子は俺と違って、人との距離感も完璧だ。

「この相手には、ここまでしてあげたら何も言ってこない」

「この相手は、はっきり言わないで中途半端な対応をしてると、あとあと面倒くさい」

俺にいつもこのようにアドバイスしてくれて、その通りに実践すると、すべて上手くいく。今まで面倒くさいと思って放置してきた人間関係や連絡を無視してきた相手、何か遺恨を残したままの相手、仕事が途中のまま疎遠になった相手。これを麗子の指示通りにすべて一つ一つ向き合い、しっかり対応していった。

中には、無視したままの者もいる。それは、関わるとろくでもないとか、何かマイナスな要因がある相手の場合だ。

ところが、麗子の言う通りにしていると、誰からも恨まれなくなる。敵がいなくなり、やがて味方になっていったから不思議だ。

他にも、密になった相手と最後に揉めるパターンの一つに「それまで我慢してきた」ことが

多い。何か疑問に思ったり、相手に問いただしたほうがいいとわかっていても、面倒くさいからいいやと、そのときに言わないで溜めてしまう。これの蓄積で、どこかで爆発してしまう。

俺は、もともとが遠慮しぃで、気を遣い過ぎるたちだ。

「大丈夫だよ」

「いいよ、いいよ」

「気にしないでください」

そう返事することが多いが、実はぜんぜん大丈夫じゃないことばかりだ。しかし最近はどんな些細なことでも、気になることや思ったこと、相手の発言に何か引っかかったときにはその都度、確認したり問いただして、言いたいことがあればその場で言って、そこで終わりにするようになった。これを心がけていると、どこかで爆発することもないし、たいていは上手くいくようになった。

だが、麗子と出会う前の俺はそれが出来ずに、毎回溜めて溜めて爆発させてきた。お世話になった社長や編集長、友人、知人。襟を掴んで怒鳴りつけて、二度と修復できない関係になった人の、なんと多いことか。今はそうなる前にすべて麗子に相談しているので、本当に助かっ

ている。

歌舞伎町出入り禁止

麗子とはどれだけ一緒にいても苦にならないから不思議だ。親兄弟でも、これほどずっと一緒にはいられないのに。

価値観が同じだからなのか？

たまに喧嘩して、

「もういい、出ていくで」

と言われると本当に困ってしまい、毎回ひたすら謝っている。

麗子は情に厚く、他人に優しい。困っている人がいると、放っておけないたちだ。

実は俺にもそういうところがあり、「俺たち似てるね」なんてよく言っているが、違うところもある。これは「俺と麗子」というよりも、「男と女」の違いからくるもので、俺の中の美学や美徳が、麗子にとって「信じられへん」ということがけっこうある。

最近、喧嘩したことといえば、俺がヤクザをやめるとき、「歌舞伎町出入り禁止」を言い渡された件だ。

ヤクザには「破門」や「絶縁」といった厳しい処分があるのはご存じだろう。しかし、特に何か大きなヘタを打ったわけでもない俺を破門や絶縁には出来ないということで、「カタギになるのなら組員がシノギや活動している歌舞伎町には現れるな」

という話になったのだ。

俺はそれ以来、10年以上も歌舞伎町には入らなかった。

とはいえ、さすがに「完全に」というわけにはいかない。たまに映画を見に、昔コマがあったあたりに行ったことはあったが、それぐらいだ。もっと奥のほう、歌舞伎町中心部の風林会館周辺や、区役所通り沿いの飲み屋のホステスやホストよりも遥かに主張の強い「不良」がわんさかいる一帯。この「不良」とはヤクザのことだが、この人たちのいるところで、目立つ真似はしなかった。それが、俺の言われた「歌舞伎町には現れるな」ということだ。

大阪のミナミは、歌舞伎町によく似ていると言われる。きらびやかなネオンとアルコールの

臭気、昭和の色合いを残したままのホテルや新しい建物が立ち並び、怪しげなキャッチや呼び込みが関西弁でがなりたてるのがその所以（ゆえん）だが、このミナミあたりで遊んで育った麗子も俺と一緒になってからは歌舞伎町に足を踏み入れていない。

ちなみに、俺が酒をやめてからは、麗子も一滴も飲まないでくれている。

俺に「歌舞伎町出入り禁止」を言い渡した当時の組長は、渡世上のヘタを打って、東京所払いされてカタギになった。わかりやすく言えば、問題を起こして追い出されたのだ。つまり、もう歌舞伎町にはいない。

その話を俺から聞いた麗子は、先日、歌舞伎町にあるお好み焼き屋に行きたいと言ってきた。俺はいつもの通りに「歌舞伎町はダメだよ」と言ったが、珍しく引かなかった。よほど美味しいという噂でもあるのか、食い意地の張った麗子は、「別に、誰にも会わへんて」と言う。

「会う、会わないじゃないんだよ。そういう決まりなんだ」

「なんでなん？　純士に歌舞伎町入んな言うた人は、もうおらんやん？」

麗子からしてみれば、言い出しっぺの組長がもうヤクザをやめて街から消えたのだから、堂々と入ってしまえばいいという。その約束を守り続けるのは違うという考えだ。

しかし、俺からすれば、組長と交わした約束は、俺のいた組織の人たちに見つからないということだけではなく、よその組織の人間にも見られるなという意味でもあるのだ。

「入るな」と告げられて組抜けした者がうろうろ飲み歩いているのを他所のヤクザに見られてしまえば、

「○○さんのところにいた瓜田って若者が飲み歩いている」

と、一夜にして噂になる。そうなれば、言うことも聞かずに飲み歩かれるなんて舐められたものだと、笑いものにすることになる。

別にそれだけならまだいい。そんなことよりも、自分で10年も12年も守ってきた行動を、15年目にしてお好み焼きごときで破りたくなかったのだ。一度決めたことは最後まで貫く「美学」のようなものを俺はけっこう大事にしているが、麗子からすればそういうことは「アホらしい」となる。

こう見えて、俺は堅いところがあるため、決めごとや約束にはうるさい。しかし麗子は、

「一度しかない自分の人生を、なんで変なこだわりや他人の顔色によって左右されなあかんのや」

となる。

約束を破ってもいいということではない。ヤクザの世界での決めごとなんて、今の俺はもうとっくにカタギなんだし、その相手だってもういないのだから、意味はないということだ。

ここでムキになって、

「女には侠の世界はわからない」

なんて言おうものなら、

「そんなこと言ってるうちはカタギとは言えへんで」

そう返されてしまうのだ。

酒への逃亡

最近わかったことだが、人間は精神状態が乱れたり良くない状態が続くと、服装や髪型もおかしくなる。

麗子と出会った頃、俺の精神状態はけっこうヤバかった。酒の中へと逃げているときはいいのだが、酒が完全に抜けたときは目に映るものすべてが現実として俺に降りかかる。当時、30代前半だったが、髪を何度も脱色していろいろと染めてみたり、急にスキンヘッドにしたりと、とにかく落ち着きがなかった。

選ぶ洋服もなんだかとっちらかっていて、当時の写真を見ると、上が革ジャンなのに「なんでこんなズボンを穿いてるんだ?」と笑ってしまう。派手とか地味とかそういうことではなく、個性的と言ってしまえばそうなのだが、とにかくまとまりがないのだ。

自分ではわからないので、おかしな格好をする俺のことを、麗子はよく心配してくれていた。今でこそ変な髪型や服装は、さすがにしない。すっかり心も考え方も安定しているからだ。変な方向に行きそうになると必ず麗子の厳しいチェックが入るので、近所の千円カットに行っただけでも「こんな感じにしてもらった」と頭髪チェックをしてもらっている。

「切りすぎや」

「サイドはあんまり刈り上げるな」

「前のほうが良かった」

そんなことをいろいろと言ってくるが、しかしそれは適当に出てきた言葉ではない。なぜなら、自分のことではなく、旦那の髪型なんて本来どうでもいいはずだ。それを自分のことのように細かくチェックしては次からこうしろとディレクションしてくれるのだ。

少し前に、古い友人が突然訪ねてきたことがあった。不良時代は悪名高く、俺とは違うところで暴れていた男だが、風の便りを聞くだけで、しばらく会うことはなくなっていた。

突然目の前に現れたそいつは、明らかに様子がおかしかった。少し話しただけで帰ってもらったが、なんでも対立グループと抗争を繰り返すうちにまともな精神状態ではいられなくなり、私生活においても背後を気にして警戒するような暮らしを送っていたことから、精神的にだいぶ参ってしまったようだった。

昔はおしゃれでカッコ良かったそいつ。それが、今では髪型から服装に至るまで不思議なファッションで、思わず、

「どうしたんだ？　その格好」

と聞いてしまったほどだった。カラフルなヒッピーのような服に、不釣り合いなバスケットシューズを履いて、春の暖かい時期に冬に着るようなボアのカーディガンを羽織っていた。

今思えば、俺も彼と同じだ。精神状態が安定せずに変な髪型や服装を繰り返していたのだと思うと、今の自分の姿を見て、また麗子に感謝せずにはいられなくなる。

パニック発作（障害）

そういえば一時期、「パニック障害」を経験した。人から、「あれはつらい」とか「本当に苦しい」と聞いてはいたが、いざ自分がなってみると、これほどまでかと思わされた。

ある日、麗子といつものように新宿を歩いていて、帰り道にフレッシュネスバーガーに立ち寄った。その頃はまだ酒をやめる前だったので、ハンバーガーと一緒にビールを頼んだ。麗子が会計をしているとき、突然、動悸のようなものが胸のあたりでくすぶりだした。一瞬、心臓か何かが原因だと思い、両手を胸の前に当ててみるも、うまく呼吸が出来ない。

少し経って呼吸が整ってきたところで、麗子のそばから離れないようにしつつ、店員からハンバーガーとビールの乗ったトレイを受け取って、ビールをごくごくと喉に流し込んだ。する

まった。

と先ほどの動悸の第二波が襲ってきて、あまりの苦しさと恐怖に、その場でしゃがみ込んでし

「どおしたん？　純士」

心配して俺の顔を覗き込む麗子。自分に起きていることを簡潔に伝えると、

「大変や。それ、パニック発作や」

と、すぐに理解してくれたのだ。どうやら麗子も過去に一度、経験していたようだ。

その日はなんとか自宅に帰ったものの、苦しくて、ベッドの中でずっとうずくまっていた。動悸に押しつぶされそうになり、呼吸がまったく出来ない。台所で夕食の準備をしていた麗子を呼ぼうとするが、声も出せないのだ。

叫んでみても、声が喉から出ていかない。疲れ果てて苦しくて、芋虫のようにうずくまっているところに、気付いた麗子が寄ってきた。

「大丈夫？　心配しやんでも死ぬことはないからな」

この言葉を何度も言ってくれた。麗子が過去、パニック障害の発作に襲われたときも、何度も「死ぬかもしれない」と恐怖に襲われたのだが、結局死ぬことはないとわかってからはずい

ぶん楽になり、余裕を持って対処出来るようになったという。

　翌日から、俺はパニック障害について調べまくった。本やネットの体験談などに目を通していく。

　この頃の俺は、病院に行くことを極力避けていた。行けば薬をもらえるからと、昔はことあるごとに医者を頼ったのだが。

　風邪をひいた、頭が痛い、眠れないと、不調を訴えては近所の町医者に行っていた。頭痛薬や睡眠薬を1週間や2週間分もらうと、体調が良くてもそれを服用する。風邪薬ならまだよくて、睡眠薬などはスッキリ眠った次の日でさえ、昼間から服用していた。

　そんなものはすべて体をおかしくすると心配した麗子は、部屋の中で睡眠薬を発見する度に隠してくれた。この頃、自分は真剣に生まれ変わろうと考えていたときで、手始めに病院へ行くのをやめたのだ。

　薬断ちをして、その後、酒とタバコをやめ、博打も女もすべてやめる。

　愛する妻のためだけにカッコ良く生きるスーパーマンのような男になりたい――。

　そうぼんやりと考えていた時期だったので、パニック障害の症状に苦しんで医者に行ってし

まえば、大量の薬を出され、それを飲み始めたらいつまで経っても薬断ちが出来なくなると思い、医者には行かずにあらゆる治療法を模索した。

太陽の光に当たるとセロトニンという脳に分泌されるホルモンが出て、それが交感神経にいい働きをして、うつ病やパニックの症状を抑えるという。このセロトニンをたくさん出すために、日中はベランダに出て太陽の光を浴びる。

そして夜はメラトニンという睡眠ホルモンが出やすくなるので、深い眠りにつくために早めに就寝する。しかし、途中でコンビニへ行こうとすると例の動悸が襲ってくる。これを「予期不安」と言うらしい。

パニック障害は最後、過換気が呼吸困難になって過呼吸となるが、そうなる前に、この動悸がずーんと全身を襲う。なんとかそこで持ちこたえれば、解放されたりする。この予期不安も、何度も重ねることで慣れはしないのだが、かかりやすくなっている気がして、かなりしんどい。

荒療治に挑戦してみたこともある。初めて症状が出たフレッシュネスバーガーで同じものを注文してみようと、麗子にも付き合ってもらった。

まったく同じ状況を作ろうと店の前まで行ってみたが、既に冷や汗と震えがひどい。極度の

緊張から、全身がこわばっているのがわかった。

ハンバーガーとビールをオーダーする。麗子の肘のあたりを掴みながら、気を紛らすためにカウンターにあるメニューをじっと見ていると、店員がキッチンで作業しているのを視界にとらえていたときに突然、胸が締め付けられてしゃがみ込んでしまった。

強い動悸を覚え、目の前が真っ暗になった。麗子にさすってもらいながら外に出て、冷たい風を頬に受ける。

「この恐怖とは、これから長く付き合っていくことになるんだろうな」

そう、未来の不安に目眩がしたのを覚えている。

このとき俺には「思い当たる出来事」があって、それがパニック発作を発症させてしまった原因だと勝手に思い込んでいた。


麗子と一緒になって少ししてから、新刊の話にこぎつけた。発行元は古い出版社で、知人の紹介でそこの社長に引き合わせてもらった。

その新刊は、「社会・時事ネタ」をテーマとすることになった。これらについて何か述べるに

は、日頃から勉強して深い知識を得ていたり、ニュースすべてを目で追っているような人でないと書けないものと思っている。ワイドショーに出ている芸能人がスカスカのコメントをするのを見ているから。

果たしてこの俺に、出来るのだろうか。このテーマについてかなり消極的だったが、言われた通りに書くことにした。

はっきりいって、ブログに書く程度で充分な内容で、いちいち紙にする必要はないシロモノだった。案の定、まったく売れなかったのだが、担当の編集者は出版社の役員でもあるので、売れようが売れまいが会社の金で飲みに行けるため俺も付き合った。思っていたよりも売れていない状況を知る俺に、その編集者は責任を感じさせないよう、振る舞ってくれていたのかもしれない。

しかし、そんな状況では、落ち着いて飲んでいる場合ではない。確かに俺はフリーランスの執筆者で、その出版社の社員でもなんでもないので売れなかったことをそこまで気にする必要もないのかもしれないが、想定よりも売れなかったことがひどくプレッシャーとなり、俺を落ち込ませた。ちょうどこの時期、例のフレッシュネスバーガーでの発作が出た頃だったので、

まさに原因はその本が売れないことによるプレッシャーからきているのだと決めつけていた。

それからは、しばらくいろんなことを試してみる生活が続いた。

頑張って少し遠出してみてはビビッてすぐに引き返したり、近くで盆踊りがあるからと麗子を誘い、気合いを入れて化粧や着替えに2時間近くもかけて準備をしてもらったものの、いざ出掛けたところで目的の神社に着く前に例の予期不安が出てしまい、家に引き返すことになったこともあった。

それでも麗子は、残念な顔を見せながらも、文句を言うことは絶対になかった。俺の気にすることや、傷つくことは口にしないのだ。

あるとき、近所の鍼灸院に「パニック治療出来ます」という看板が掲げられていて、吸い込まれるように入っていったことがあった。そこで生まれて初めて鍼と灸をやったのだが、先生がいうにはパニックは首に原因があり、交感神経が集中する首の血行を良くすることで軽減されるのだと説明してくれた。

藁にもすがる思いだった俺は、騙されたと思って首に鍼と灸を当ててもらった。すると、嘘みたいな話だが、一時的にではあるものの予期不安がなくなった。いつもならヤバそうな、予

期不安に入りそうな場所まで歩いていっても、体調に変化はない。ところが、その効果は一日しかもたず、しばらく通院することになった。

何度か通院していたその頃は、自分でもパニック障害と首との関係性を調べていた。人間は緊張すると首の筋肉が強張り、ロックがかかる。ガチガチになるのだが、その際、首に集中する無数の交感神経と副交感神経が鈍くなり、酸素が脳に充分回らなくなる。その状態が予期不安のあの動悸を生み出すのだという。

実はこれだけが完全な答えではない。首の治療をしたところで回復しなかったという人もいるので、一概にこれで治るとは言い切れないが、俺はこれで治ってしまった。

緊張する場面やストレスがかかるタイミングで首に使い捨てカイロを当ててみたり、首をマッサージしてやるだけで、嘘みたいに楽になった。

少し回復してから、麗子と2人で水族館に行った。まだ電車に乗るのが怖く、水族館の中を歩くことも不安だったが、なんとかデートっぽいことにこぎつけられた。

最後にイルカのショーを見て帰ろうと、2人で水しぶきから身を守るカッパを身に着けてイルカの空中芸を見守った。水の飛沫が玉となって宙に弾け、訓練を重ねてきたイルカがアクロバティックな動きを披露する。あまりにも素晴らしくて、拍手するのも忘れて見入っていた。

ショーが終わり、カッパを脱ごうとしたところで、麗子が言った。

「どうしたん？　そんな泣いて！」

目の下を触ってみると、涙でぐしゃぐしゃだった。どうやらイルカにはヒーリング効果があるらしく、メンタルが弱っていた俺には絶大な効果があったようだ。涙がバカみたいに溢れてくる。


結局、このパニック障害は、首の治療とイルカと、麗子のサポートのおかげで完治した。しばらくしてから、別の原因にも気付いた。麗子のスーパーマンになる計画の第一歩に、まずは病院の薬を断ったと書いたが、その中でも睡眠薬などはずっと服用していたのを突然やめると、反動が大変だと聞いた。脳がびっくりしてしまうのだ。

俺の場合は睡眠薬をことあるごとに飲んで、精神安定剤のように常用していた。飲まないと不安で、どうしようもなくなるのだ。これを突然断ったことで脳が驚き、街を歩けば緊張してしまい、首にはガチガチにロックがかかってパニックを起こしたのではないかと今では思って

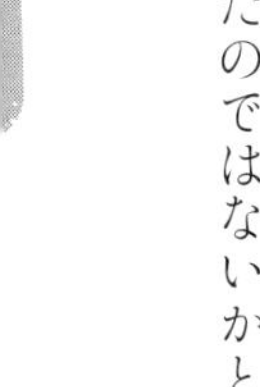

いる。

このつらかったパニック障害との闘いの日々において、麗子は一度も不満もわがままも言わずに俺のサポートに徹してくれた。理解者がそばにいるのといないのとでは、まったく違う。病気のことも理解した上で、俺の気持ちや性格もすべて理解してくれていた。本当に感謝している。

このとき教わったことは、いかなる状況に陥っても麗子といればすべて楽しんで乗り越えることが出来るということだ。一文なしになったとしても、まず笑い、考え、動く。どんな悲劇が起きても、麗子となら笑っていられるだろう。

俺は次第に、麗子をリスペクトしていくようになった。

第5章

改造

REMODELING

アル中とニコチン依存からの脱却

しばらく薬漬けだった俺が薬断ちしたことは先に書いたが、次に酒とタバコをやめたことについて振り返りたい。

どちらもやめるのはキツかったが、やはりタバコのほうが遥かにキツかった。スパッとやめられず、未練がましく中途半端なものに手を出したりしていたので、やめるにやめられなかった。酒の場合はノンアルコールビール、タバコの場合はニコチンレスの電子タバコだ。せっかくの意志や決意に水を差すようなものが溢れていて、

「いきなりやめるのもあれだから」

「まずは、ここらへんのものを」

と言いながら、今度はその類似品に依存してしまい、いつまで経っても完全にやめることが出来ない状態が続いた。途中でこの状態に気付いた俺は、ある日を境に両方ともスパッとやめた。

まずは酒のほうから話そう。

これまで何度か酒の話は出てきたが、俺はとにかくアルコール依存症で、酒がないと何も出来ないところまで、余裕でいってしまっていた。それはいわゆる「現実逃避」ってやつで、『遺書』の出版後は現実や将来について考えるのがダルくなり、酒を飲んではふわふわした日々を送っていた。パニック障害になり、一緒に闘ってくれた麗子のためにスーパーマンになるんだと野望を抱いておきながら、なんだかんだとやらない理由を捻り出しては、そんなことはすっかり忘れていた。

それでもせっかく病院にも行かなくなり、変な薬も完全に断つことが出来たのだから、あと少しだけ背中を押すような出来事があれば、本当にやめられる自信があった。

その頃、街中でフランス国籍の黒人男性に話しかけられたことがあった。俺のタトゥーや目立つ見た目に興味を持ったのだろう。

そのフランス人、フランクは向こうのマスコミ関係者で、映画祭でレッドカーペットを歩く女優や俳優、スポーツ選手やアーティストと交流がある異色の男だった。いろんな写真を見せてもらったが、知っている顔触ればかりと写っていた。俺が物書きをしていると言うと、向こうのニュースペーパーやウェブサイトに著者、文化人として紹介できると言い、宣材写真を撮ろうという話になった。

その日の夜、フランクと同居しているという日本人女性と、麗子と俺の4人で晩飯を食べることになり、近くのパブに向かった。フランクの連れてきた女性は日本の出版社に勤務していて、そこには共通の知人もいた。

フランクに「何を飲むか？」と聞かれて、俺はビールを頼み、麗子はアイスティーかなんかを頼んだ。流暢な日本語を話すフランクの話を聞きながら、ビールをガブガブ飲んでいたのだが、フランクはペリエ（炭酸水）しか飲んでいない。

「酒は飲まないのか？」

と尋ねると、

「バイクで来てるから」

と言って笑うフランク。その後もいろいろな話をして楽しい時間を過ごしたが、フランクはこのあと、ワークアウトをするためにジムへ行くという。俺はビールを何杯かおかわりして、フランクたちと別れてからも酒を求めて街に出た。

翌日、二日酔いで目を覚ました。昨夜のお礼のメールを入れたが、一度だけ同居人の女性が代わりに返事をくれただけで、すっかり音沙汰がなくなった。宣材写真を撮る話もそこで終わってしまった。

食事の席で、何か失言したわけでもない。なぜだろうと考えていたが、その原因は酒だろうと思い至った。

意識の高いフランクは、もしも仕事で絡むなら、アホみたいに酒を飲んで笑っている奴となど絡みたくはないのだろう。それも、1杯ぐらいならまだしも、何杯も痛飲する。かたや、フランクは炭酸水だけで、その後はジムでワークアウトだ。時間への意識と使い方が、あまりにも違う。俺は勝手に「見下されたんじゃないか?」と思い、恥ずかしい気持ちになった。

何か違う原因があったのかもしれない。酒を飲みながら集まることなんて世界中どこでも当たり前の光景だし、大事な商談でもない限り、飲まずにやる必要もないはずだ。それでも、俺的にはそう決めつけることのほうが結果的に都合が良かったので、そう思うようにしている。

ELINO

第5章

ウェイトトレーニングを始める

俺は「酒を飲む奴とタバコを吸う奴は三流以下の底辺だ」と、無理やり自分に言い聞かせて、自己暗示をかけていた。大好きなものをやめようとしているのだ。大嫌いになるような自己暗示をかけるしかない。

それでも何かと理由をつけては酒を買い、タバコをふかす。そして自己嫌悪になる。この負のループを描いている最中だったので、フランクとの出来事は大きかった。

さかのぼると、酒でおかしくなっていたある日の明け方、麗子が発したふとした言葉に逆上し、手を上げてしまったことがあった。何発も麗子の顔を平手で殴りつけて、暴言まで浴びせてしまった。

原因はもちろん、酒だ。

一緒に暮らしていれば、互いに我慢することもたくさんある。それが酒を飲みすぎることでどこかで爆発してしまうのだ。その日以来、俺は究極の愛妻家になることを誓った。

はじめは未練がましく、ノンアルコールビールなんかを見つけては買い求めていた。ビールに似ていて、喉越しがいい。それでもやっぱりビールには敵わず、物足りなくなってきては、結局最後はビールを買って飲んでしまう。

そんなことを繰り返しながら、なぜやめられたかというと、一番はやはり麗子も一緒に酒をやめようとしてくれたことだ。殴られて、そこで俺を捨てて出ていくどころか、残って俺の酒断ちに付き合ってくれるというのだ。本当に根性があるし、強い。

麗子がそこまで付き合ってくれているというのに、自分が「今日も飲んじゃった」なんてやっていたら、あまりにも情けない。これらの出来事を境に、俺は完全に酒を断つことにした。


ついでに、俺は心身や精神を鍛え直す必要があると感じていた。

健全な身体に健全な魂が宿る。酒にタバコに睡眠薬。何かあれば〝ブチギレ〟てしまうか、〝面倒くさい奴〟と見せることでこれまで様々な場面を切り抜けてきたが、それらはすべてハッタリや勢いだけであって、駆け引きの通じない相手には無意味だ。私生活においても、酔っ払っては身近な者に当たり、自分の人生が上手くいかないことを他人のせいにするなど、心身

の弱さを痛感していた。

このままでは、いい加減になる一方だし、何よりだらしないのが許せない。体力もないから、体調の悪い日も多い。こんなことじゃダメだと思い、筋トレを始めることにした。

バレンタインデーに麗子が、

「なんか欲しい物ある?」

と聞いてきたので、ダンベルとベンチを買ってほしいと頼んだ。ほどなくして麗子からのプレゼントが届くと、やり方もわからないまま、俺は筋トレをスタートさせた。

YouTubeでやり方を調べたり、近所のブックオフで100円の筋トレ本を買ってきては、試行錯誤を繰り返した。酒でむくんだ身体を、まずは2カ月で15キロ近く落とした。食事は一日1000キロカロリーしか摂らないと決め、あとはボクサーの真似をして毎日、縄跳びを近所の公園でやった。

20分縄跳びを続けるのと、たまに走ったりスクワットをするくらい。ところがこれで15キロ落ちた。もともと線が細くて痩せていた俺も、酒のせいで少々メタボ気味だった。むくみと無駄な脂肪を削いで60キロまで落とした次は、10キロの筋肉をつける。これが果てしない作業だった。

　とにかく、俺はアホみたいに毎日トレーニングにとりかかった。ダンベルもどんどん重量を増していき、筋力がついてきたことを実感する。いつもどこか筋肉痛だったが、これが充実感に変わり、次第にメンタルも変わってきて自信がみなぎっていった。

　あとでわかったことだが、ある程度脂肪を残した状態でトレーニングをしたほうが、デカくなるのも形に出るのも早い。逆に、脂肪を全て落としてしまったら、筋肉だけをつけていくのは時間がかかるという。何よりも、タンパク質をはじめとする〝材料〟が少なすぎて、筋トレだけしていてもなかなか筋肥大しない。加えて、もともと少食の俺は〝食べるトレーニング〟もしなければならなかった。食事と睡眠は筋トレよりも筋肉を作る上で大切なのだ。

　その後、麗子もボディーメイクにはまり、2人でよくスポーツウェアを見に行ったりするようになった。1年もすると、麗子が自宅よりもちゃんとジムでやるように勧めてくれて、ウェイトのジムにも入会した。

　この頃の俺は、酒のことなどすっかり忘れていた。これを書いている現在、酒を断ってから5、6年が経つ。あれから一滴も飲んでいない。もちろん、これからも飲むことはないだろう。

身の危険を感じさせる出来事

断酒と筋トレにもなんとか慣れてきた頃、立て続けに身の危険を感じさせる出来事に見舞われた。

一つは昔の悪友が酔っ払って自宅に押しかけてきて、因縁をつけてきたことだ。だいぶ酔っ払っているのか、ロレツがまわっていない。まだ寝ぼけていた俺は、玄関越しに「帰ってくれ」と伝えたが、押し問答となった挙げ句、思い切りぶん殴られた。寝起きでパンツ一丁という姿だった俺は、玄関に垂れた自分の鼻血を拭くことしか考えていなくて、殴り返すこともせずに「いいから帰ってくれ」とだけ言ってドアを閉めた。

そいつはなんかブツブツ言っていたが、すぐにどこかへ消えた。奥で寝ていた麗子はこのやり取りに気付いていなかったのが幸いだったが、俺は自分の鼻から滴り落ちる鼻血をずっと掃除しながら情けなさと腹立たしさを噛み締めていた。そして、ぼんやりと、

「(筋トレだけしていてもダメだ。こんなときに瞬時にかわして一発でノックアウト出来れば

な）」

なんて考えだして、ボクシングジムを探すことにした。

俺は近所にある某有名ボクシングジムに行き、入会したい旨を伝えた。しかし、スタッフだかトレーナーが俺の顔や身体をじろじろ凝視して、入会は諦めるように言ってきた。理由を尋ねると、女性会員やキッズ会員もいるので、派手なタトゥーをした人間は勘弁してほしいということだ。諦めて引き返し、しばらくまた元の生活に戻った。

ボクシングジムは、まぁゆっくり探そうと思っていた矢先、そうは言ってられないことが起こった。ヤクザ時代の凶悪な先輩が、最近になって刑務所を出所し、俺を狙っているというのだ。

どうやら、何か誤解したまま服役していたようで、当時のことを回想してみてもなんのことかまったく思い出せない。何か誤解しているなら、話せばわだかまりも解けるのではと思い、その先輩の連絡先を知らない俺は共通の知人にそのことを相談してみた。すると、

「話なんか聞いてくれるはずがない。絶対に会うな。殺されるぞ」

と言われて俺は焦ったが、そのまま何事もなかったので放置していた。

ほどなくして、自宅の郵便受けに差出人不明の手紙が一通届いていたので開封してみた。すると、そこには俺に対する恨みつらみや脅迫まがいの文言がちりばめられていたのだった。

間違いない、例の先輩だ。いよいよ焦った。

一緒に住む麗子の身も危ない。だが、これはある意味でいいタイミングだとも思っていた。ボクシングジムはダメだったが、何か別のジムで格闘技を習うしかない。筋トレはあくまでも身体を強くするものであり、戦いや防御といった技術までは習得出来ない。戦い方を教えてくれる格闘技のジムに入ろうと思った。

断られるとすれば、一番の原因はタトゥーだ。ならば、はじめからタトゥーにうるさくなさそうなジムを探すしかない。それでいて、強い格闘技となると、俺の脳裏に総合格闘技が浮かんだ。

俺は新宿から近い総合系のジムや道場を調べた。ところが、これもすんなり決まるものではなかった。あるジムは、入会金をかき集めて門を叩いたものの、入会寸前のところで断られてしまった。

困ったなと思っていたところで、救いの手は差し伸べられた。ある日、俺が麗子と大久保のドン・キホーテで買い物をしていると、親切な店員が荷物の配送手続きを手伝ってくれた。テキパキと動くその店員は姿勢がよくて、逆三角形の身体をしていた。何か格闘技をやっているのかと聞いたら、「パンクラス」の選手だということがわかった。

パンクラスとは、プロレスラーの船木誠勝と鈴木みのるが立ち上げた総合格闘技の団体で、その親切な店員は「猿飛流（さとる）」というリングネームを持つ現役の選手だった。

俺は猿飛流くんに、「格闘技を真剣に習いたい」と相談した。そして、何箇所かまわってみたものの、タトゥーを理由に断られてしまったこともすべて明かした。すると猿飛流くんは、「僕がインストラクターをしているところに聞いてみます。そこは僕の弟もプロでやっているところで、代表もそういった偏見を持たない方なので、たぶん大丈夫ですよ」と言ってくれた。「よろしくお願いします」と、夫婦で頭を下げた。

猿飛流くんが紹介してくれたジムの代表はとても柔軟な方で、なんの迷いもなく俺を受け入れてくれた。ジムは下北沢と代々木上原にあるのだが（現在はもっとスタジオがある）、下北なんてタトゥーなど当たり前の場所柄だ。代々木上原も芸能人やタレントが多い街で、そんなところでジムを経営しているため、目立つ者に対してなんの驚きも偏見もないのかもしれない。

現在もありがたく通わせて頂いている。

電子タバコを捨てる

初めてやった総合格闘技は、想像以上にとてもハードだった。

キックボクシング、ブラジリアン柔術、グラップリングすべてがバランス良く出来なければならない。英語ではMMA（ミックスド・マーシャル・アーツ）と表記されるので、最近ではみんなMMAと呼ぶけど、ひと昔前までは「総合」とか「総合格闘技」といわれていた。

1分間のシャドーを数本やったあとに、打ち込みの練習をしてミット打ち。そのあとは打撃とグラップリング、両方のスパーリングをやる。顔面にもらわないように頭で考えながら攻撃を繰り出していく。見様見真似でディフェンスをしながら、戦いの最中に呼吸を整えることも忘れない。タックルでテイクダウンをとられて腕十字を決められる。

はっきり言って、こんなに疲れるのかと目眩がしたほどだ。ドン・キホーテで親切にしてくれた猿飛流くんのクラスや、現在はRIZINへ参戦中の瀧澤謙太くんのクラスへ出ては、あれこれご指導いただいた。

実はこの頃、タバコもやめようと自身と闘っていた。しかし、酒のようにスパッといかず、未練がましく電子タバコをプカプカやっていた。

「VAPE」という喫煙器具がある。いろんな味や香りのリキッドを垂らしては、それを加熱することで蒸発させて、その蒸気を吸って楽しむのだが、ニコチン入りのリキッドもある。ニコチンを数滴垂らしてフルーツ味なんかのフレーバーと混ぜて吸うのだが、しっかりと肺にキックがあり、紙のタバコとさほど変わらない充足感を得られ、そのVAPEを吸い続けていた。紙のタバコはやめられたのに、わかっているのだが、これを完全にやめるのがあまりにもつらかった。

酒は案外すんなりやめることが出来たのに、ニコチンはなかなか断ち切れない。しかし、ニコチンを肺に吸い込みながら、あのキツい格闘技の練習が出来るとも思えない。

悩んでいたが、ある日の練習でプロの人たちにボコボコにされて、悔しさと自分の弱さにい

たたまれなくなった。その日、更衣室で着替えてると、謙太くんが入ってきたので、

「本当に強くなりたい」

と打ち明けた。すると、俺よりも10歳以上若い謙太くんは言った。

「はい。強くなりましょう。強くなるには出来ることすべてやらなければダメです」

どれだけ忙しくても、週に数回の練習時間を確保すること。それとウェイトトレーニング。気持ちと身体を両方作りあげ、何よりも続けることの大事さを痛感した。

俺はこの日の帰り道に、VAPEをポケットから出して道端に捨てた。

その後、腰の怪我で組み技が出来なくなり、キックボクシングばかりやるようになったものの、あれから4年間、練習も禁煙も続けている。断酒とウェイトトレーニングに至っては、5年以上が経過した。プロとスパーリングしても、一方的にやられることもなくなり、何ラウンドもこなせるようになった。

自分ではこれまでわからなかった〝あること〟に気付いた。

俺には意志の強さと、一つのことをやり続けられる勤勉さがある。要は「真面目」なのだ。

思えばヤクザも10年続けていたし、アメブロも10年近くやっていた。刑務所で出会った「物書き」も未だに続けている。そして、一度やめると誓えば、完全にやめることが出来る。ヤクザをやめたときもそうだし、人間関係もそうだ。

「もうおまえとは付き合い出来ない」

と喧嘩別れすれば、死ぬまで関わることはない。

ギャンブルだって女遊びだって、やめてからはなんの未練もない。

しかし、たった一つだけ、これがなくなったら本当に困るというものがある。

それはコーヒーだ。

俺はコーヒーをブラックで1日に何杯も飲む。自宅でもずっと飲んでいて、はじめはインスタントで満足していたのだが、今では麗子が豆から挽いてくれたものを楽しんでいる。外に出掛けても、コンビニのカフェを利用してコーヒーを淹れて飲む。今はどこのコンビニにもコーヒーマシンがあるので助かっている。

これだけ毎日愛飲しているコーヒーがなんらかの理由で飲めなくなるとしたら、さすがに困るだろうな。

瓜田に勝ったら10万円

まだ格闘技を始めて8カ月で、本当に覚えたてくらいだった頃、あの前田日明さんが主催する「THE OUTSIDER」が復活するということで、運営からオファーをいただいた。発足当時は人気が爆発するほどだったアウトサイダーも、年月の経過とともにブームの火は翳りだし、大会を開いてもとても小規模なイベントになっていた。

俺が出ていた頃の連中なんて今では家庭を持っていたり、経営者になっていたり、家業を継いでいたり、中には孫がいる奴もいる。そんな不良やワルなんかを街で見かけることも少なくなった。静かにそのブームは過ぎ去っていったのだ。

そんなときにどういうわけか、大会を開くということだったので、俺は引き受けることにした。たった8カ月の練習で強くなったと勘違いしていたわけではない。いい加減なことばかりしてはいた俺だが、それでもアウトサイダーのおかげで名前も売れたことは間違いない。出場することで少しでも前田さんに義理を返せるならと、引き受けることにしたのだ。

いちおう、当時の俺と前田さんは、アウトサイダーの「主催者」とそこを出入り禁止になった「無法者」といった関係で遺恨があった。それを、まずは俺が前田さんのところに出向いて和解するシーンを動画に撮ってYouTubeにアップするというプランを聞き、すぐにやりましょうと言った。企画などは関係なく、俺はとにかく前田さんのもとへ行って当時のことを謝罪したかったのだ。当時、俺がアウトサイダーに対してかけた迷惑行為については、今更ここでは説明しない。

いよいよ前田さんのもとへ伺うというタイミングで、今回お世話になるサイゾーが、「瓜田に勝ったら10万円」という企画を考えてくれた。サイゾーと前田さんの「リングス」は懇意で、2021年6月には新刊『日本人はもっと幸せになっていいはずだ』が出版されている。ということで、俺を倒した奴にサイゾーから賞金10万円が支払われることになった。

俺は麗子を連れて、渋谷・道玄坂にあるリングスの入るビルに向かった。

エレベーターを降りて前田さんの待機する部屋の扉を、緊張しながら開ける。そこで前田さんは笑顔で待っていてくれた。少し老けたけど相変わらず大きな体で、何より穏やかな表情で俺たち夫婦を迎えてくれた。

「当時はすいませんでした」

そう言って頭を下げる俺を前田さんは、

「いいよいいよ」

と、笑って許してくれた。

その日の様子を収めた動画と、その後、道玄坂を歩きながら「瓜田に勝ったら10万円」への意気込みを語るという動画が、2つともバズった。思えばそのときのスタイルこそ、今の自分のチャンネルの「プロファイリング」の原点だったのかもしれない。

アウトサイダーの「瓜田に勝ったら10万円」イベントは、歌舞伎町の新宿FACEで行われた。その日のために体重は5キロだけ落として練習もしたが、今考えても8カ月ではたいして動けなかった。

かつて格闘技に関してはまったくの素人だった俺は、アウトサイダーや地下格闘技イベントに練習せずに出ていってはボコボコにされて恥だけ晒し、今日までずっと「弱いくせに」「最弱だ」とバカにされてきた。本当に弱かったのだからどうしようもないが、このときは初めて本格的に練習を重ねた。8カ月とはいえ、真剣に向き合ってきた俺は、前とは違うところを見せたいと思っていた。

しかし、格闘技はそんなに甘くない。俺は対戦相手とキックボクシングルールで戦ったが、結果は1ラウンドの後半にスタミナが切れてボロ負けしてしまった。

相手はしっかり格闘技をやっていた。応募者が数名いたので勝ち抜き戦となり、その勝者と俺がやることになっていた。それを勝ち上がってきた相手なのだから、強くて当たり前だ。それも左利きだった。

「サウスポー対策」というものを一度もやっていない俺は、オーソドックスな〝右構え〟で戦ったので、〝左構え〟の相手とでは距離感がまったく合わずに、ボコボコとパンチを当てられてしまった。

戦ってる最中、レフェリーの和田良覚さんが
「いいのか？　このままじゃ本当に止めてしまうぞ！」

と叫んでいたのを覚えている。既にそのときはコーナーに詰められて殴られまくっていた。スタミナも完全に切れてしまい、呆気なく終了。相手の選手は10万の賞金を握りしめて嬉しそうだった。

俺は引き返しながら、リング下にいた麗子に何度も謝ると、最後は前田さんにも挨拶をした。

前田さんは笑いながら言った。

「良かったんだよ。こんなんでもし勝って、それで調子に乗っちゃうよりも、ここで自分を知ってまた打ち込んだほうがいいと思うよ。なんかね」

弱いと言われ続けた奴は結局まだ弱いままだったが、それでも以前とは違った姿を見せられた。パンチは見えていたし、ディフェンスも出来ていた。

あの一戦から3年ほど経つが、真面目に練習していたら別人のように強くなっていった。正直、そろそろまた試合がしたいと考えているが、やるからには圧倒的な強さを見せるつもりでいる。

こういった場合は、むしろ中途半端に強い奴らよりも、俺のように、

「いちばん弱い」

「まさに最弱」

と嘲笑されてきた奴のほうが得だ。

中途半端に強ければ周りの目も気になるし、期待に応えなければならないとプレッシャーが

かかる。比べて、俺は何も怖くない。ずっと嘲笑されて醜態を晒してきた。今さら負けようが気絶しようがなんでもないし、仮に勝ってしまえば、それがどんな勝ち方にせよ、

「瓜田が勝ったぞ」

「あの瓜田が強くなっている」

と評価は逆転するからだ。それを思えば、これまで長きにわたって見せてきた自分の情けない過去も、これから一つずつカッコいいものに変えていくためのプロモーションだったようにすら思えてくる。

ポジティブシンキング

このように、俺は何よりもポジティブだ。

これまでは神経質で、ちょっとしたことでウジウジしてはブツブツ文句を言ってきた。ダメージを負ったりトラブルに出くわせば人より悩むし、気になって他のことが考えられなくなって

しまう。

しかし、今ではそれも長くて2日か3日だ。どれだけの重大なハプニングが起こりメンタルにダメージを食らっても、2日から3日で完全に忘れるか、起こっている事象や問題に対して俺のマインドが勝つのだ。

はじめ、自分はそうとうなネガティブ思考で、すぐに凹むモヤシ野郎だと思っていた。ずっとそう思って生きてきた。

だが、違った。気付いたのは最近になってからだが、俺は2日で必ず「勝利のマインド」に高めることが出来る。つまりはポジティブなのだろう。

それとは別で、自己評価が低いというウイークポイントが俺にはある。

「俺なんか」

「どうせ俺は選ばれない」

「俺は上手くいかない」

自信がある、ないとも違う。自分への評価がものすごく低いせいで、褒められたって素直に喜べなかった。理想は高いのに、自分への評価が低いため、やる前に諦めることが多かった。

何かを始めたところで、いつも決まって、

「俺がやってもな」

という自己評価の低い自分と、

「俺ならもっとスゴいことが出来るはずだ、こんなんじゃない」

という理想だけは高い自分と、2つの感情が毎回現れては戦ってきた。面倒くさい性格だったが、トレーニングを始めてからは、その2つの感情が上手くバランスが取れるようになった。高い理想は理想だけではない現実なものとなり、低い評価は標準の評価へと変わった。つまりやっと等身大になれたのだ。


もう飾る必要もないし、自分を大きく見せる必要もない。ナチュラルでどんなことにも挑戦可能だし勝負出来る。問題が降りかかり、敵が目の前に現れたとしても、どこかで自分は酒を断ち、タバコをやめて、雨でも雪でもジムへ行ってウェイトトレーニングに励み、スパーリングをしてきたことが心の中で支えとなり、自信になっているのは間違いない。

生きていれば、いろんな敵が自分の前に立ちはだかる。その敵よりも自分のほうが精神的にも肉体的にも遥かにつらいことを乗り越えていれば、もう勝負はついている。マインドで既に勝っているというわけだ。

「こいつにはとうてい出来ないようなつらいことを、俺はこなしてきた」

この価値観は本当に自分を助ける。

逆に、相手も同じようなトレーニングで自分を追い込んできた者なら、まずは争いになることはない。精神が強い者は人と揉めたりはしないからだ。

トラブルを持ち込んだり争いに持ち込む奴というのは、いつも何もせずに時間だけを持て余し、酒でも飲んでいる奴らだ。まっとうな昼の社会にも、どうしようもない奴らは潜んでいる。パワハラに性犯罪、不倫、人の悪口を叩く、人のものを奪う。こんな奴らは決まって自分に甘く、なんの鍛錬もしていない。

俺もまだまだ半人前以下だが、自分で決めた厳しい目標や決まりごとはこの先、何年も何十年も自分に課していきたい。

このマインドに導いてくれたのは、ほかでもない麗子だ。彼女は日本一ポジティブなのだ。

第6章 YouTube

『瓜田夫婦』の誕生

石膏ボードを運ぶバイトのことには第2章で触れたが、その直前に俺は清掃の仕事がしたくて、いくつか面接を受けたことがあった。

心も過去もすべてキレイに出来るような気がした俺は、面接の担当者にその熱意を伝えたが、期待するだけ無駄だった。気持ちや意気込みと外見は、別の話なのだ。

完全に「社会不適合な見た目」は、更生の足をもちろん引っ張る。落ちるとわかっているのにわざわざ日時を決めて面接に行くのも時間の無駄だと思い、最後のほうは電話の段階で顔にまでタトゥーが入っていることを伝えるようになっていた。わざわざ出向いて落胆して帰ってくるのなら、原因はわかっているのだから、はじめに伝えておいたほうが話は早い。まぁ、社会はそんなに甘くはないので、折り返しの電話で断られたけれど。

タトゥーを消すのにも、大金が必要だ。

麗子を食べさせていかなければならない俺は、暗い未来やネガティブな将来を考えないようにしながら、金をかけずに出来ることを模索した。物書きの仲間に相談もしたが、みんな、俺にインターネットを勧めてくる。過去に、当時も今も無料で出来るアメブロをバズらせていたのを知っているからだろう。

そんなタイミングで、配信アプリというものがあって、そこで視聴者に向けて喋ったりしていれば投げ銭がもらえると聞いて、いろいろとやってみることにした。「ＳＨＯＷＲＯＯＭ」や「ふわっち」といったアプリに登録しては、『瓜田夫婦』として配信してみたのだ。

この頃から、俺は何をするにしても『瓜田夫婦』でやろうと決めていた。夫婦でなんにでも挑戦して、2人で戦い、乗り越えていくのだ。それが俺の第二の人生で、麗子は俺の相棒であり、戦友なのだから。

ところが、いざ2人で配信を始めてみたものの、喧嘩になってしまい、ライブがやたらと中断したり気まずい空気が流れることが多かった。毎回、視聴者に心配されて、「また始まったよ」とお約束になるほど喧嘩は絶えなかった。

その原因は、俺の即断即決にあったのかもしれない。

俺はまず「ライブをこれからやる」と言い出してから、2分くらいで準備が整ってしまう。

トイレに行って、飲み物を用意するだけだ。

しかし、麗子の場合は、そうはいかない。「自分も映るなら」と化粧から始まり、着替え、むくみをとるという謎の運動、しまいにはカメラの位置決めと、最低一時間はかかるのだ。麗子の用意が終わる頃には俺の気分はとっくに醒めていて、機嫌も悪くなっている。

結果、いざライブをスタートさせても喧嘩になってしまうのだ。待ち疲れて機嫌が悪く、テンションも低い俺の隣で、麗子は滅茶苦茶ハイテンションで喋るのだ。

これでは、俺も面白くなくなってくる。あまりに喧嘩ばかり続くので、「SHOWROOM」と「ふわっち」はやめることにした。

すると、今度は麗子が俺に、YouTubeを勧めてくれた。夫婦仲が悪くなるのでは、やる意味がないからだ。しかし、俺は気が乗らなくて、そこは無視していた。テレビタレントに憧れた売れない奴らがやっているような、そこらへんにいる兄ちゃんが無駄に大きな声を張り上げて、ハイテンションでやっているような、そんなイメージをYouTubeに持っていたので、自分には無理だろうなと考えていたのだ。

それでも麗子は、

「純士は絶対に向いてる」

と言い続けるので、変な先入観は捨て去って、いろんな人の動画を見てみることにした。すると、少し見ただけで、当初抱いていた先入観は見事に消滅した。それぞれが自分のファンを楽しませるために思い思いの動画を作っているし、見せ方も伝え方も、そしてスピード感も、テレビなんかのオールドメディアよりも遥かに面白かったのだ。

テレビ番組だったら、1日がかりのロケやスタジオで撮影を行い、それを編集して、オンエアするまでに数週間はかかるだろう。それが、YouTubeなら撮影したものを翌日、頑張れば当日中に公開出来るのだ。

この「スピード感」こそ、時代的に重要だと感じた。企画だって、毎回新しいことを自分たちで考えてやっている。たいしたもんだなと感心しながら、

「もし自分がYouTubeを始めるならこうするだろう」

「いや、こうしたほうがいいんじゃないか」

と、考えるようになっていた。

元祖「ぼったくりバーに凸してみた」は俺だ

しかし、YouTubeを始めるのはいいとして、そのマネタイズ方法（収益化）がいまいちピンときていなかった。

動画内に広告を入れて、その広告がクリックされたり閲覧されることで、広告主が広告掲載料をYouTubeに支払う。それが収益としてチャンネルの運営者に入るようになっている。

仕組みだけを聞けば理解もするし納得も出来るのだが、それでもしっくりはこなかった。こんな職業はそれまでなかった。

おまけに、広告屋がこれまでやっていたような収益モデルだと、ブログの場合はバナー広告を入れて読者がそのバナーを踏むことで広告主が掲載料を支払い、またエロサイトならエロのウェブ記事の横にクリック広告が貼られていて、間違って踏んだりすれば掲載料が支払われるという仕組みだ。

従来のテレビやラジオ番組なら、スポンサー企業が商品や製品のCMを作り、番組の途中でC

Ｍを流すことで、その番組に広告宣伝費や制作費を渡す。ネットだと、個人が自分の持つメディアに自分で広告を掲載して、企業がメディアに支払った広告掲載料から収益を得る。

こんなことを個人が出来るなんて、はじめは信じられなかった。

それでも、人気のない、つまり数字の取れないチャンネルでは、収益もほとんど見込めない。そのへんはテレビと同じだ。

だから、みんな過激になっていく。視聴者が心配になるようなトラブルに巻き込まれていくさまを公開して、視聴者を引きつけるのだ。いいところで「後編に続く」とテロップを入れて、「次回予告」なんかでさらに過激な状況を煽る。

そんなＹｏｕＴｕｂｅチャンネルの中で、注目を集める〝闇社会系〟の企画は数多い。撮影中にガラの悪い輩たちにからまれて胸ぐらを掴まれたり、警察の職務質問をそのまま実況中継したり。中でも最も根強い人気を誇るのが〝潜入系〟で、例えば歌舞伎町にある水商売系の店や風俗店にＹｏｕＴｕｂｅｒが潜入して、呼び込みの提示していた金額と実際に店で請求される金額のあまりの違いにクレームを付けたり、店側と口論の末に黒服が現れたり…。そんな、普段は視聴者が訪れられないような闇社会での一部始終を、モザイクや編集で上手く緊張感を出しつつ、

「この人たちは、どうなるのか？」

「結局、どうなったんだろう？」

と思わせて視聴者の心を鷲掴みにするドキュメンタリー的な企画がバズった。しかし、おおかたが〝ヤラセ〟なのは間違いない。

そんな中で、いろんなＹｏｕＴｕｂｅｒがチャレンジしていたのが、「ぼったくりバー凸」の企画だ。

これは、店内でのシーンや店員との口論のシーンもほとんどが音声のみで、映像にはなぜかモザイクが入っていて、店の名前も場所も明確にはしない。こんな何十年も前のやり方でぼったくっていたら、すぐに摘発に遭うだろう。

この「ぼったくりバー凸」を見ていて、俺は〝ある映像〟を思い出した。それは、20年ほど前に歌舞伎町で撮影した、自分たちの映像だ。

これは確か、何かのメディアで紹介されたはずだが、当時、俺が歌舞伎町でやっていた用心棒集団「供攻社」というグループが、依頼人からの相談を受けて、ぼったくり風俗店にカチ込んで、店からぼったくられた代金を返してもらう光景をカメラに収めるというものだ。屈強な黒人数名と若い衆たちが黒塗りの車で店に乗り込み、突っ張ってくる店の店主を黙らせて金をふんだくるというもので、一瞬見ただけでは、ただの暴力団にしか見えない。ただし、映像の最後で、店から取り返した金を受け取り、偉そうに依頼人に説明する俺が出てくる。この映像が、ＹｏｕＴｕｂｅか、どこかの動画サイトにあがっていた。

　これが間違いなく「ぼったくりバー凸」の第一号だと思っている。

　俺は昔から、新しいものを早くに取り入れる性質だ。そういったことには感覚的に敏感で、流行なんかを肌で受け止めるのが早いほうだ。

　そんな俺でも、ＹｏｕＴｕｂｅはなかなか始めることは出来なかったが、

「何をやればウケるのか？」

「どんなものが当たるのか？」

　そんなことを見抜く目は持っている。

　実はそんなことは、けっこうどうでもいい。大切なのは、

「やるか、やらないか」

　清掃のバイトや石膏ボード運びの仕事もなくなった。ウェブに記事を書いたって、数千円で

は割に合わない。お袋の管理する古いビルやアパートの管理人みたいなことを適当にしながら、たまに講演会のようなこともやってみたこともある。

そんな中で、自分は喋ることが得意で、発言することや文筆を武器にしていきたいと、漠然と考えるようになっていた。講演会の仕事はそんな俺に向いていると思ったが、それにはもっと有名になるか、それまで以上に「この人の話を聞きたい」と思ってもらえるようになるかしかないと感じていた。

そのために、まず、YouTubeを始めてみよう。

そう自分に理由付けた。

この、なんともごもっともな「理由」があれば、すぐに飽きてやめたくなっても自分を鼓舞出来るし、誰かに聞かれたときに回答しやすい。

しかし、本当は理由なんかなくてもいいし、どうだっていい。カッコつけの俺は、毎回この「理由」を欲しがるのだ。

プロファイリング

「まず、何か撮ってみよう」

ということで、近所の花園神社で、最初の「挨拶的なもの」を撮影してみた。集まったのは、俺と麗子とカメラマンの3人だ。

たまたま別の用事で一緒にいたことから〝流れ〟でやってみたのだが、俺はこのときから、何かを感じていた。

「このカメラマンとコンビでやったら面白いものが出来るんじゃないか」

このカメラマンは、いつも恐る恐る俺に何か質問してくる。たまに俺がイラッとしても、それまで恐る恐る聞いていたくせに、構うもんかと人の神経を逆撫でするようなことを平気で口にする。図々しいし、おまけにいい加減だ。

しかし、正義感が強かったり、無駄にプライドが高いところもある。変な言葉も知っていて賢い一面もあるのだが、人としてクズな一面も持ち合わせている。

「この男の素の状態を引き出せば引き出すほど、面白くなるのでは…」

そして、どうせやるなら面白くしたい。見ていて吹き出してしまうようなバカバカしいものにしたい。そんなことを考えていたときに、たまたま自宅で見たYouTubeが俺にヒントをくれることになる。

それは古い映像で、霊媒師の外国人がバカデカいお屋敷に入っていくというものだ。屋敷には誰も住んでおらず、ガイドとカメラマンを引き連れて屋敷内のあちこちを触り、椅子に腰掛けたところで、

「私には彼らが見えるし聞こえる」

とか言い出す、よく見る種類の映像だ。しまいにはヘリコプターまで飛ばして、現在逃走中の凶悪犯がどこに逃げているかを当てるという。

俺は、「これだ」と思った。

この胡散くささは、最高に面白い。人間はいつだって、胡散くさいものが大好物だ。

俺がこれまで出会ってきた人の中にも胡散くさい人間は多くいた。マルチやネズミ講はもちろんのこと、得体の知れない壺に宝石類、旧皇族の所有物やピカソの絵画を持ち込む人間や、

果てはマイケル・ジャクソン財団を名乗る男まで、いつも怪しいシノギの話や案件をふってくる人間は絶えなかった。

そんな怪しい話によく接していた俺は、それも面白いと思った。犯罪者がどこに逃げたかを推理（プロファイル）しながら、たまに滅茶苦茶怪しいシノギの案件をカメラマンにふるのだ。

そんな考えから誕生したのが、『瓜田夫婦』の「プロファイリング・シリーズ」だ。

このシリーズの中では常に〝ホシ（犯罪者）〟を追っていて、〝ヤマ（事件）〟を捜している。ここでの俺は、常に強気で頼もしい。このキャラから、人生相談シリーズ「ゴッドカウンセラー」も誕生した。

『瓜田夫婦』のチャンネルでは、こういった好きなことを適当にやっているのだが、この「プロファイリング」と「ゴッドカウンセラー」は特に人気コンテンツになった。街を歩いて喋るだけで、３００万再生を超えたものもある。人生相談や１人で語る動画が１００万再生を超えたこともあった。

続けることが何よりも大切だと思い、最初の1年はとにかく撮りまくった。まずは１００本はあげようと思い、数字も気にせずに撮りまくった。

編集はすべて自分でやる。当初はパソコンも使えない俺だったが、「これからは商売道具だ」と言い聞かせて必死で覚えた。

わからない、出来ないとかの問題じゃない。出来なければ死ぬのだ。覚えるしかない。

もともと神経質で、自分の感覚を何よりも大事にしている。なので、外注に編集を依頼したところで自分の意図とは違う編集をされたり、レスポンスなんかが遅かったりしたら確実に喧嘩になってしまうだろう。なので、今のところは自分で編集するしかないのだ。

プロファイリングをしながら東京のいろんな街へ行くと、自分が知らない場所がたくさんあることに気付いた。繁華街や歓楽街エリアだけではなく、ちょっとした商店街から裏路地まで、歩いたことのないリアルな〝東京〟に目を奪われた。

その街の歴史や風情を目に焼き付けて、カメラマンとコントじかけの推理探偵ごっこをしていく。何より、やっているこちらも楽しい。

まだまだ小さなチャンネルだが、このプロファイリングにはコアなファンがけっこうついている。そして、何よりも「新宿の不良　瓜田」というイメージが、だいぶ薄れてきているように感じている。

顔中にタトゥーが入っていることを除けば、

「この人って昔、不良だったんだっけ?」

というコメントが入るくらい、その匂いが消えてきていることは素直に嬉しい。

誰かに暴力的に噛み付いて人から嫌われるより、人を楽しませて自分たちも楽しみ、人から応援されたほうがいい。もうアウトローみたいなことは時代じゃないのだ。

朝倉未来とのコラボ

『瓜田夫婦』チャンネルを開設したものの、最初の1年ほどはなかなか登録者も増えず、2万、3万人ほどで頭打ちになっていた。バズる動画がたまに出ても、それを見てチャンネル登録までしてくれる視聴者がなかなかいなかったのだ。その後も「プロファイリング」や「ゴッドカウンセラー」の人気シリーズを根気強くアップし続けて、登録者は7万人ほどまで増えたものの、そこで再び停滞していた。

「YouTubeは難しいな」

新しいやり方を模索する日々を送る中、停滞を打破する契機が訪れた。それが、空前の人気で、YouTube界隈を騒がしている男、「朝倉未来」とのコラボ企画だ。

朝倉未来は国内トップレベルの腕っぷしと億万長者のポテンシャルを引っさげて彗星の如くYouTubeに参戦すると、またたく間に時代の寵児に上り詰めた男だ。路上の伝説的な逸話まで持つ男で、「THE OUTSIDER」でも「朝倉兄弟」として活躍していた。

また、弟の「朝倉海」も、兄の未来とはタイプこそまったく違うものの、腕っぷしは神がかりと言っていい強さを誇り、現在は総合格闘技団体「RIZIN」のトップファイターとして、格闘技界に君臨している。海もYouTubeをやっていて若者のカリスマ的な存在で、なんと兄弟合わせて300万人近い登録者を誇っているトップYouTuberだ。

この朝倉未来が自身のYouTubeチャンネル『朝倉未来 Mikuru Asakura』で、格闘家との「コラボ祭り」というものを開催していた。有名な格闘家が次々と名乗りを上げて、選ばれた者がコラボを実現させていくという企画だ。

当然、集まるのは強い奴らばかり。しかし、俺もなんとなくアウトサイダーには旗揚げ戦から出ていたので、接点がなかったわけではない。ただ、あまりにもひどい試合内容や、トレーニングもしたことのないただの弱い素人に過ぎなかった俺だけに、コラボ相手に名乗りを上げたところで笑いものになるか、相手にもされないで終わるだろうと考えた。

それでも、ダメもとで、

「未来とスパーリングしたい」

「遊ぼうよ未来ちゃん」

と煽り動画というか、自分のチャンネル内でコラボしたい旨を伝えようと思い、いつもの街ブラスタイルで撮影してラブコールを送ったところ、ある日、朝倉未来のチャンネルメンバーから連絡が来て、

「ぜひ、やりましょう」

と、コラボが実現したのだ。

これはコラボをしてみてわかったのだが、朝倉未来は俺のことや『瓜田夫婦』のことだけにとどまらず、俺の書いた瓜田夫婦の曲の存在まで知ってくれていた。恐らく未来は、俺の持つ文章や言葉を紡ぐ能力、喋りのワードセンスなんかに興味を持ってくれたんじゃないだろうか。

腕っぷしが強く、次々と成功を収める未来でも、そういった繊細な才能みたいなものは持っていなかったのか、俺のそういう部分が珍しかったのだろう。

少し対談したあと、スパーリングもさせてもらった。トップファイターなので、もちろん俺に合わせてくれたものの、何年も真面目に練習に取り組んでいることまで伝わったことが何よりも嬉しかった。

そのコラボ動画が短時間で100万再生を叩き出すと、またすぐに呼んでもらった。次は未来と料理対決ということで、スーパーの買い出しから始まって、キッチン付きのスタジオで料理を披露する。ちなみに、俺は料理なんて、生まれてこの方したことない。

「出来ないから遠慮しとくよ」

というわけにはいかない。出たとこ勝負でやってみた。

料理の内容は目玉焼きやらウィンナーを焼いただけのものだが、なんとかやり過ごすことは出来た。朝倉未来の作った麻婆茄子と一緒に、最後はチャンネルメンバーと椅子を並べて食べるという楽しい企画だった。

すると、今度は朝倉海の『KAI Channel／朝倉海』からもコラボの誘いをもらったのだ。こちらの海のチャンネルだけでも100万人以上の登録者がいる。兄の未来とは違って穏やかで柔らかい弟は、オタクの格好をして街の路上喫煙を注意してみたり、メイドカフェに行くという企画をキラーコンテンツにしていた。

俺との企画も、もちろんオタクのコスプレをして秋葉原でタピオカを飲み歩くというものだった。これもやりきってみると、ただただ楽しかっただけで、海のチャンネルのメンバーや視聴者にもウケたようだ。

コラボは互いのチャンネルで撮るので、当然、俺のほうでも企画をやる。俺のチャンネルでは海と2人で昭和のこてこてヤンキーに扮して秋葉原を練り歩く「コント」をした。

「【トカゲの兄弟】～クロコダイルの出所～」と題した動画がそれだが、これがけっこうウケた。

こんな顔にタトゥーの入った元不良に対して、かたや時の人である朝倉兄弟が、なんの偏見も持たずに接してくれたことが何よりも嬉しく、本当に大きな出来事だった。それによって、俺に対する見方が変わったという方も大勢いるだろう。

あれ以来、何度もコラボさせてもらっている朝倉兄弟。俺たち瓜田夫婦は、未来と海、そして朝倉兄弟のチャンネルのメンバーみんなに大いに感謝をしている。

そして、この原稿を執筆中に、朝倉兄弟がアドバイザーを務める、「1分1ラウンド」で最強の男を決める格闘技イベント「BreakingDown」への出場オファーをいただいた。

もちろん、俺は出場を快諾した。彼らには本当に感謝しているからだ。そして、この大会は俺にとってこれまでの黒歴史を塗り替えるチャンスでもあると思った。

ずっと「弱い」とバカにされてきた。いちばん最初の「THE OUTSIDER」出場以来、ずっとだ。

今の俺は違う。それを証明してやるんだ。もう昔の俺ではないと、何万人もが視聴する舞台で戦うのだ。

作戦なんか考えずに、ただ1分間殴り合ってやると心に誓った。自分の人生を変えてやるんだ。失ったものを取り返すように、俺についてまわるネガティブな悪評をすべて吹き飛ばしてやろうと思っている。

「そのとき」に備える

朝倉兄弟とのコラボを皮切りに、それからはいろんな人とYouTubeでコラボ出来るようになった。

K－1ファイターの安保瑠輝也に、筋肉YouTuberのぷろたんやJIN、元アウトサイダー王者の吉永啓之輔に総合格闘家の渋谷莉孔。安保瑠輝也とそのメンバーなんて何度もコラボに呼んでくれたほどだ。この場を借りて言うまでもないが、滅茶苦茶いい男たちで、感謝している。

アウトサイダー時代に俺から喧嘩をふっかけるような些細な因縁があり、絶対実現することなどあり得なかった王者・啓之輔とも、笑顔で撮影することが出来た。昔の俺なら、みんな関わるのもイヤだったに違いない。

こんなに強くて最高な男たちと、この歳で、こんな形で関わることが出来るのなら、格闘家でもなんでもない俺だが心身ともに鍛え抜いて常に高めておかないと彼らに失礼だという思いが、今トレーニングをするモチベーションになっている。

常々思うのは、やはりどんなときでも、どんなことにも「準備」しておくことの重要性だ。

それは、突然やってくるのだから。

突然やってくるのは何か？　それがわかっていればその準備をしておけばいいのだが、たいていは「何が来るか」は先読み出来ない。

例えば俺の場合、自分の事情や心身の強化目的で格闘技やフィジカルトレーニングをしてきたおかげで、朝倉未来とのコラボの際にはスパーリングで渡り合うことが出来た。さらには未来が火を付けた、「街の喧嘩自慢たちとスパーリングしてみた」という怪物コンテンツがあり、これが流行って以来、ＹｏｕＴｕｂｅでは最後はスパーリングをして数字を獲るというのが主流となっていた。

俺はついている。

もしも格闘技を続けていなければ、まったく戦えなかったはずだ。素人がブンブンとパンチを振り回して体力を浪費してバテる画なんか見せられたもんじゃないとスパーリングは引き受けなかっただろうし、かたや、出来ないと断っていたらただのヘタレと思われてしまう。

現実に、未来との最初のコラボだって、当然「未来とスパーリングしたい」というリップサービスがあったから実現したと思っている。頭が良くて計算の出来る彼なら、「瓜田純士と対談してスパーリングしてみた」で、どれくらいの数字が出るか予測出来たことだろう。また、これが対談のみということであれば、これほどの数字も叩き出せはしないはずだ。そもそもコラボだって出来なかったかもしれない。

つまり、そういうことだ。いつ訪れるかわからないチャンスという「そのとき」に備えていたから上手くいったのだ。

他にもニュースやトレンド、ちょっとした話題など、どんなことでもいい。深く知らなくてもいいので、アンテナを高く張り巡らせて情報を頭に詰め込む。

日々の中で当たり前に入ってくる情報に耳を澄ませて目を見開く。これだけで、誰と、どんな話題を扱っても、会話になる。専門的なこと以外なら、たいていはついていけるはずだ。

しっかり相手の話を聞いて、自分の考えを口にする。これもトレーニングみたいなもので、常日頃から意識しておかないと突然喋れなくなったり鈍くなったりもする。

YouTubeに限らず、今の時代は「喋れる」ことが重要視されている。個人の主張や発言が物凄く大事なのだ。

これも、俺は常に頭で考えたことやニュースを見た感想、他にも日々の出来事や感じたことを麗子に話すようにしている。それがトレーニングになっていると思うと、パートナーがいること、そして麗子の存在にも感謝するようになる。世間では妻が旦那の話なんかまったく聞いてくれないなんてよく聞くが、その点でも俺は幸せ者だ。

思えば刑務所でも精神病院でも、どこでも俺はよく喋っていた。俺の話を聞いて、その場にいた人たちは必ず笑っていた。自分ではわかってなかったが、そっちの才能があったのかもしれない。

もうひとつ言えば、逆に、準備不足で「そのとき」を逃していることもしばしばある。例えば英語なんかを勉強していれば、もっといろんなことが出来たのに、なんてたまに思う。外国のアパレル関係者が、英文だけでDMをくれることがある。たぶん、うちのアパレルを着用してスナップを撮ったり、モデルをやってくれないかとか、そんな内容だとはやんわりとわかる。でも、具体的な話やこちらから確認したいこと、質問なんかが出来ない。そのため、結局、何も実現せずに終わる。動画だって、英語がわかればもっと面白いものが作れるはずだ。英語も習っておく必要がある。否、もうこの際、必要と思った勉強はすべてするべきだ。忙しいなんて言っていられない。数ある「そのとき」に備えてなかったことでチャンスを逃していたら、それはすべて自分のせいだ。後悔はしたくない。

新たな仲間たちと…

俺たちのチャンネル『瓜田夫婦』を、意外な人たちがけっこう見ていてくれたりする。それはテレビに出ているお笑い芸人だったり、企業の社長さん、警察から弁護士まで、多種多様だ。そんな人たちの中で、異彩を放つ〝漢〟がいた。それが、原田龍二さんだ。

俳優としておなじみの存在である龍二さんだが、肩書きは「人間」だ。ある週刊誌の対談企画で龍二さんが俺を指名してくれて初めてお会いしたが、それ以来、俺のチャンネルに何度も遊びに来てくれている。優しくて魅力的な人物なのだが、何よりも〝変わっている〟ことに惹きつけられる。

龍二さんも自身のYouTubeチャンネル（『原田龍二の「ニンゲンTV」』）を持っている。2人で銭湯に入ったり、山谷を街ブラしたり、キレイとは言い難い定食屋の店先で冷えた惣菜をつつくという食レポをしたりしたが、あんなお茶の間でも知られた有名人がよく俺なんかと付き合ってくれるなと思う。

龍二さんはテレビの仕事で裸の部族と過ごしたりしているため、そういった経験から、人に対して偏見がまったくない直感タイプの人間だ。恐らく普通の人では、刺激を感じられないのかもしれない。俺は勝手に、そんな龍二さんを「プロファイリング」シリーズの特別メンバーだと思っている。


第1章でも触れたが、「YouTubeアウトロー抗争」が起きている時期に、俺のチャンネルに出てくれた人たちがいる。別に、俺が誰かと揉めてるからとか、俺が助っ人に声をかけたとか、そんなことではないにもかかわらず、たまたまコラボが連発した。

俺を心配してくれたり、気遣ってくれて、

「純士のチャンネルなら出てもいいよ」

「他には出たりしないよ」

と言ってくれる熱い男たちだ。

彼らに共通するのは、そんじょそこらのメディアに出るほど安くねぇと言わんばかりの友人たちだということだ。

アウトローの世界では超有名人の木村兄弟の兄。

先輩で、「最凶のアウトロー」と言われた神原くん。

同級生で、「関東連合　鬼面党」の総長だった西山。

杉並出身で「伝説の喧嘩師」と言われた谷山くんこと宗教家の与国秀行くん。

彼らは一様に、超が付くほどの有名人で、アウトローのスターたちだ。

そして、あの清水健太郎さん。AV男優のしみけんじゃない、本物の「シミケン」だ。

健太郎さんなんて、こんなネットに絶対出てくるような人じゃない。本物のスターだ。その健太郎さんも、

「純士のチャンネルだから」

と、出演してくれた。

みんな、本当に感謝している。


そして、後輩のワンターレンが、『瓜田夫婦』を無償で手伝ってくれることになった。

ガキの頃は一緒に新宿で過ごした幼馴染。喧嘩ばかりしていたワンターレンも、今は実業家として一端の人物になっていた。

もともとキックボクシングをしていたワンターレンは、俺に教えてくれたり、チャンネルの企画ではコラボ相手とスパーリングまでしてくれる頼もしい仲間で、今ではチャンネルメンバーとして定着した。

このYouTubeチャンネル『瓜田夫婦』も配信開始から3年近くが経ち、現在はチャンネル登録者も約20万人を数えるまでになった。しかし、内実はメインカメラマンとワンターレン、そして麗子と俺とで、ゆるくやっている。

別に、今から100万人を目指してだとか、そんなことは考えていない。ただ、自分たちの「表現の場」として、楽しくやっていきたいと思っている。

「月灯りに照らされて」

「ニューイヤーロックフェスティバル」

じゃがバターやゲソ焼きの匂いが立ち込めていた。

大晦日、除夜祭が行われていた神田明神は、人でごった返していた。境内の屋台は行列が出来ていて、そこから見える朱塗りの社殿と随神門は神秘的で、さらに妖艶にライトアップされた本殿は異様な存在感を放っていた。

そんな中、神田明神ホールでは、ライブパフォーマンスをする演者とスタッフが忙しなく動き回っている。

デッキから見える屋台の群れを眺めながら、俺はスマホの画面で自分の書いた歌詞を何度も読み返した。


麗子が珍しく緊張している。いつもは鉄のハートで動じない彼女だが、この日は明らかに様子が違った。練習が足りなかったことで、不安に襲われていたのだ。

むしろ、そのままいつもの調子で練習なんかほとんどせずに出てきてしまえば良かったのだが、

「不安だから一度、カラオケボックスに入って練習したい」

と直前になって言いだしたので、ついさっきまで新宿のカラオケ店に寄ってきたのだ。


時間を数時間前に戻してみよう。

新宿三丁目のカラオケボックスに入るなり、麗子はこの日の夜に歌う2曲、「TO FATHER」と「Never Forget」をリクエストし、何度も合わせた。それまで頭では覚えていたのだが、カラオケの画面で覚えようとしたことで記憶の上書きをしてしまい、逆に歌えなくなってしまった。

それでも、時間は残されていない。携帯でストリーミング再生されている「新生New Year Rock Festival」の映像の冒頭、既にロックバンド「カイキゲッショク」のヴォーカルでプロデューサーのHIRØさんが神田明神本殿を抜けて裏のホールに入っていくシーンが映し出されていた。今夜のフェスが生配信されているので、中継で追うことができた。

「時間がない。急いでタクシーを捕まえよう」

もっと練習したいとすねる麗子をなんとかなだめてカラオケボックスを飛び出すと、新宿通りの「バルト9」の前でタクシーを捕まえて神田に向かった。

タクシーの中で、何度も歌詞を確認する麗子の手を握りながら窓の外を見ていた。

大晦日でいつもより人通りの少ない靖国通り。夫婦で最初にレコーディングした音源「recollection——遠い日の記憶から——」の歌詞にも、大ガード、靖国通りと、地元新宿の名称が出てくる。

何度もイヤになり、逃げ出したくなった新宿。ここで数え切れないくらい痛い目に遭い、恥もかいた。

「TO FATHER」の中に、親父との物語が描かれている。俺も親父も、この新宿で不良な生き方を送ってきた。何もかも捨てて逃げようとした夜も、すべてにケツをまくろうと腹をくくった明け方も、シャブで頭がおかしくなってぶっちめられたときも、舞台はいつも新宿だった。様々な思いが記憶の映像とともに駆け巡った。

娑婆に戻り、一度は更生と幸せを誓い、本を上梓した。調子に乗っていたが、それからの俺はさんざんだった。地下格闘技ではみっともない姿を晒し、結婚と離婚を繰り返し、ネットではコケにされて、痴話喧嘩で全国ニュースにもなった。痛い目にも何度も遭った。

シラフでいれなくなり酒に逃げた俺は、割腹自殺も図ったし、千葉でヤクザに刺されたこともあった。半グレにプライドをズタボロにされたあたりで、生きる目標も見失った。顔にまで入れ墨を彫って、身に危険が及ぶような本まで出版した。

当初、思い描いていた未来とはあまりにも違う。

完全に詰んだと思った俺は、自失してアルコール依存症になっていた。あてもなく酒を浴びながら新宿を歩いていたところ、偶然ぶつかった相手が麗子だった。

麗子はタクシーの中で、「Ｎｅｖｅｒ　Ｆｏｒｇｅｔ」の自分のパートを何度も口ずさんでいた。神田明神が視界に入ってくる。

ＨＩＲØさんは昔から東京でロックを歌い続ける先輩で、たまたま俺たち夫婦の曲を聴いてくれた。

「Ｎｅｖｅｒ　Ｆｏｒｇｅｔ」と「ＴＯ　ＦＡＴＨＥＲ」を聴いて、

「もうすっかり純士は更生した」

と伝わったようで、大晦日の「新生New Year Rock Festival」に声をかけてくれたのだ。

タクシーを降りて、除夜祭で賑わう人のいるほうへ足早に向かった。

「もっとゆっくり行ってや」

足場の悪い沿道を、麗子はつまずきそうになりながらヒールでなんとか歩いていた。

「出店がたくさん出てるよ！」

いつものようにどちらからともなく手を繋ぎながら、美味しい匂いのするほうへ歩いていった。

幾度となく麗子に救われた。

マイナスから始まった2人の暮らしは、悲惨だったが明るかった。どんなときも笑っていた。

スーパーの半額セールに割り込んでは、処分品ばかり買い漁った。派手な人が集まるパーティーに行っては、みすぼらしいバッグや持ち物に恥ずかしくなったことなんてザラだった。

喧嘩でやられて入院したときは、離れ離れになりたくないからと、麗子は面会時間過ぎても布団に隠れて、退院するまで泊まり続けてくれた。

支払いがあるのに有り金をはたいてサバンナキャットを買ってしまったり、期待していた大きな話が直前で流れたって、

「気にしなや」

と言ってくれた。

俺の足を引っ張る輩が現れるたびに、

「瓜田純士でおるんやで」

と鼓舞してくれる。

「こんな奴らのことを気にしたらあかんで」

そう言いつつも悔しそうにずっと腕組みを続けていた麗子。

時には俺より先にブチギレてしまうことも何度もあった。

2匹目の猫のモフちゃんが下の階のベランダに転落したときは、階下の住人の勤め先まで走っていき、真夜中なのに店の前で「鍵を開けてください!」と大声で泣いてお願いした。結局、もう目を開けることはなかったモフちゃんを抱いて、一日中泣いていた。

他にも数え切れないほどいろんなことがあったけど、それでも最後はいつだって笑っていた。どんな状況に陥っても、俺の手を離すことはなかった。

たとえこの世に敵しかいなくなっても、麗子がついている俺が最終的には勝利するだろう。どうしようもないほど落ち目だった俺をここまで立ち直らせた。彼女は本物の「あげまん」だ。


屋台を抜けて、神田明神ホールの前に出た。エレベーターに乗り、楽屋へ向かう。大きなデッキからはライトアップされた本殿や屋台の提灯が見渡せた。

ステージではテレビや雑誌で見かけるようなアーティストが順番にパフォーマンスを披露している。

「(なんだか、えらいところに来てしまったな)」

不思議な気持ちになりながら、自分たちの出番を静かに待った。

いよいよそのときが来て、俺、麗子、メン

バーのDJ TAXIがステージへ向かった。音響や照明など大勢のスタッフと、厳しい目をした監督がこちらを見ている。斜向いにはHIRØさんとバンドが待機していて、俺たちを見守っている。何しろ、こんなことは初めてなのだから、俺たち以上に緊張している人もいた。

大きく深呼吸をして、ライトに逆らうようにゆっくりと目を開けた。肩の後ろのあたりがくすぐったくて、揺るぎない力と優しい熱が全身に漲(みなぎ)るのがわかった。

そうだ、今夜は麗子が一緒だ。俺の斜め後ろでマイクを握りしめている。何も心配はない。すべては上手くいくはずだ——。

この先、どんな試練が待ち受けていようとも、どんな舞台に上り詰めようとも、あるいはどんな転落や悲劇が待っていようとも、恐れることは何もない。麗子が俺のそばにいる限り、何もかも上手くいくだろう。

そして、誰に何を言われようとも、自分たちの信念と美学を守り貫く。自分たちの価値観を信じ抜くんだ。俺たち以外の人類全てに批判されても関係ねぇ。最後に笑うのは俺たちだ。そして、誰よりも幸せになってやる。

ステージはあっけなかった。

上手く歌うことは出来なかったが、それどころじゃない。年が明けそうなので、年越しそばを買いに、急いで近くのコンビニに走った。

吐く息は白いが身体は熱い。

神社の石畳を大きな声で「急げ」と叫びながら走った。

月灯りに照らされて。

エピローグ

人に恵まれている。

人の縁でいろいろと助けられている。

これまで俺は、サイゾーの揖斐憲社長に会うたびに、

「本、やりましょうよ」

と、決まり文句のように言ってきた。

サイゾーには、ウェブサイト『日刊サイゾー』での、映画批評の連載や、総合格闘技大会「THE OUTSIDER」関連のインタビューなどでずっとお世話になっていたが、書籍を作るような話は具体的にはしてこなかった。どちらかというと揖斐社長は笑って誤魔化しているように見えた。

それからしばらくして、俺を取り巻く状況も少しずつ変わった。

YouTubeの登録者が10万人を超えたあたりで、また、

「本、やりましょうよ」

と、いつものノリで言ったところ、初めて揖斐社長は、

「本気で出す気なら考えますよ」

と言ってくれたのだ。いつも苦笑いだけで終わっていたので、少し驚いた。

さらに、サイゾーからも本を出版した前田日明さんとのYouTube対談の再生回数が好調だったり、『瓜田に勝ったら10万円』企画の煽り動画がいまだにバズッていたり、ますます言いやすい状況になっていったので、数カ月前にあらためて、

「書籍やりましょう」

とお願いしたところ、

「いいですよ、やりましょう」

と言ってくれて、今回の出版に至ったわけだ。

そこで、編集を担当する日笠さんに引き合わせてくれて、さらに表紙の撮影も俺の推薦でカメラマンの江森康之さんに引き受けてもらうことになった。

このご縁に感謝すると同時に、人間とは常に、

「数字か話題がないとダメだな」

と痛感した。

今後は「内容」だけで本が売れて、次作に繋げられるような物書きになりたいと思う。

2021年10月26日　瓜田純士

アンサー

2021年11月30日　第一版第一刷発行
2022年12月1日　第一版第二刷発行

著者　瓜田純士

発行者　揖斐憲

発行所　株式会社サイゾー
〒150-0044
東京都渋谷区円山町20-1
新大宗道玄坂上ビル8F
電話　03-5784-0791

印刷・製本　シナノパブリッシングプレス

デザイン　小屋公之
表紙写真　江森康之
編集　日笠功雄（V1 PUBLISHING）

本書の無断転載を禁じます。
落丁・乱丁の際はお取り替えいたします。
定価はカバーに表示してあります。

ISBN978-4-86625-148-6